篇幅庞大的智谋锦囊

智　囊

（明）冯梦龙○著
杨　靖　李昆仑○编

敦煌文艺出版社

图书在版编目（CIP）数据

智囊/（明）冯梦龙著;杨靖,李昆仑编.--兰州：敦煌文艺出版社,2015.7（2023.12重印）
（全民阅读·国学经典无障碍悦读书系）
ISBN 978-7-5468-0869-7

Ⅰ.①智…Ⅱ.①冯…②杨…③李……Ⅲ.①笔记小说-小说集-中国-明代 Ⅳ.①I242.1

中国版本图书馆 CIP 数据核字（2015）第 144841 号

智 囊

（全民阅读·国学经典无障碍悦读书系）

（明）冯梦龙 著
杨 靖 李昆仑 编

责任编辑：王 倩
封面设计：凤苑阁文化

敦煌文艺出版社出版、发行
地址：（730030）兰州市城关区曹家巷 1 号新闻出版大厦
邮箱：dunhuangwenyi1958@126.com
0931-2131373（编辑部）
0931-2131387（发行部）

三河市嵩川印刷有限公司印刷
开本 960 毫米×1340 毫米 1/16 印张 12 字数 190 千
2016 年 1 月第 1 版 2023 年 12 月第 2 次印刷
印数：3001-23000

ISBN 978-7-5468-0869-7
定价：48.00 元

如发现印装质量问题，影响阅读，请与出版社联系调换。
本书所有内容经作者同意授权，并许可使用。
未经同意，不得以任何形式复制转载。

本套《全民阅读：国学经典无障碍悦读书系》，以弘扬传统文化、传承中华文明为宗旨。是经编写者精心设计，以期达到深入浅出、今古相合、适合广大读者理解古代先贤智慧的无障碍阅读图书。

本书系特点鲜明，在国学经典无障碍阅读方面采用多视角、多元化、多维度的启动引擎。全书分为六大版块：图鉴阅读、史记阅读、辅助阅读、原作新释、体验阅读和延展阅读。通过这些版块，详细生动地从不同功用上对50册国学经典进行全方位的介绍，辅助广大读者对古籍进行强化记忆和深入释解，有益于广大读者在古诗文学习上的提高。

这些古诗文出现在中国两千多年文化流传的历史长河之中，在华夏文明的历史上，闪烁着耀眼的光辉，启迪了一代又一代华夏子孙的智慧。

在每一个中国人的血液中都流淌着美丽而空灵的属于汉字的基因，它的笔画音韵有着超凡的智慧、博大的精神和动人的韵律，有着中国文化所独有的形体之美和德性之蕴藉。它确定权威与法则，讲究和谐与稳定，注重教化与实证。它不仅引领我们遨游于宇宙太空，感受旷古时空的荒凉与空寂；而且引领我们不断地向着心灵内涵、向着肉眼不及的太空，不断地以智慧进行着问难与探索，直至找到我们生命中真实的每一次发自内心深处的搏动和存在。

国学经典都是智慧之书，是可以让一个民族怀着隐秘的热情世世代代、反反复复去吟咏慨然的书籍。这些书籍之所以能够让人们经世不疲地去阅读，就是因为它能够赋予人类超凡的力量。

天行健，君子以自强不息；

地势坤，君子以厚德载物。

让全民阅读更上一层楼，让古老的国学闪烁出生命之光，成就智慧人生！

编者

2015年1月

Contents 目录

序

图鉴阅读 ◎ 1

    图鉴阅读结构图 ◎ 2   作者生平阅读 ◎ 6

    阅读启示图解 ◎ 4   作品影响阅读 ◎ 10

史记阅读 ◎ 13

辅助阅读 ◎ 17

原作新释 ◎ 21

    第一部   上 智 ◎ 22

    第二部   明 智 ◎ 44

    第三部   察 智 ◎ 70

    第四部   胆 智 ◎ 90

第五部　术　智 ◎ 113

第六部　捷　智 ◎ 135

第七部　语　智 ◎ 159

体验阅读 ◎ 179

延展阅读 ◎ 183

阅读链接 ◎ 184

名家链接 ◎ 185

铭记链接 ◎ 186

图鉴阅读

智囊

全民阅读：国学经典无障碍悦读书系

图鉴阅读结构图——阅览本书尽收眼底

1 图鉴图示轻阅读：这部分内容用和谐的色彩和图形来对本书作者、历史影响等进行解读，简单、清晰、直观，有利于读者轻松把控和阅读本书。

2 史记经典精阅读：这部分包括本书的历史传承、影响，以及本书的历史地位、作用、意义等内容，起到点睛之笔的作用，能够让读者做到对经典著作的深入和精细化阅读。

3 辅助启示快阅读：用简短、精练的语言对每一篇的内容进行概括、总结，以期让读者更加快速地从宏观角度掌握本书的主要内容。

❺ 体验感悟智阅读：用体验的方式阅读，具有亲历性和验证性，当把书籍的内容用在实际中，是活学活用，也是学以致用，《智囊》对我们理政、经商、治学、教育等均有广泛用途，有针对性地用在实践中，是我们阅读的目的。

❹ 原作新释深阅读：这部分内容包括原典、注释、译文和铭记链接，侧重对原典的正确解读，注释译文力求简明准确，链接知识紧扣文本，重在凸显原典主旨，弘扬传统文化。

❻ 文化链接博阅读：选取和本书相关的人物、书、影视以及经典的词句、思想等内容，以增加读者的文化积淀，拓宽视野，培育创造力。

阅读启示图解——本书阅读启发引导

1.《智囊》是一部从先秦到明代智慧故事的总集，由明末著名文学家冯梦龙根据子史经传与笔记丛谈纂辑而成。全书分上智、明智、察智、胆智、术智、捷智、语智、兵智，所录故事两千余则。

2.《智囊》是一部中国人民智慧的创造史和实践史。既是一部反映古人巧妙运用聪明才智来排忧解难、克敌制胜的处世奇书，也是中国文化史上一部篇幅庞大的智谋锦囊。

原文部分参照多家白话文本及诸家注、疏、笺、校本，文章经梳理后，以中国现代标点符号标明句读，以方便读者阅读。

1. 太公孔子

原文

太公望①封于齐。齐有华士者，义不臣天子，不友诸侯，人称其贤。太公使人召之三，不至；命诛之。周公②曰："此人齐之高士，奈何诛之？"太公曰："夫不臣天子，不友诸侯，望犹得臣而友之乎？望不得臣而友之，是弃民也；召之三不至，是逆民也。而旌之以为教首，使一国效之，望谁与为君乎？"

齐所以无惰民，所以终不为弱国。韩非③《五蠹》之论本此。
……

注释

①太公望：姓吕名尚，为周文王师。
②周公：姓姬名旦，周武王之弟，辅佐成王为政。
③韩非：战国时代韩国的公子，口吃不能言谈，善于著书。著有《韩非子》。
④大司寇：掌管刑狱的官。
⑤子贡：姓端木名赐，孔子的学生。
⑥参军：官名，参谋军务，唐代兼管一郡军务。

注释部分是对古今异义（异音）、生僻、难解等词语进行注释，力求准确严谨，古今相通，简洁明白，便于读者阅读。

3.有人称《智囊》是一部"小资治",书中的故事,多数信而有征、查而有据,真实生动,不但具有现实的实用价值,而且还具有重要的资料价值和校勘价值。

4.《智囊》是冯梦龙编纂的专题性文言小说总集之一,体现着冯梦龙明确的编纂目的和独特的编纂思路,融入了作者独特的文学创造性,为明清拟话本小说提供了重要的参考素材和艺术借鉴。

译文

太公望封于齐,在齐国有一个名叫华士的人,他认为不臣服于天子,不结交诸侯是正当的事,人们都称赞他很贤明。太公望派人请他,想与之结交,但三次都不肯到,于是太公望就命人杀了他。周公问说:"他是齐国的一位高士,怎么杀了他呢?"太公望说:"不臣服天子,不结交诸侯的人,我还能和他结交、将他臣服吗?凡国君无法臣服、不能结交的人,就是上天要遗弃的人。召他三次不来,就是叛逆之民。如果表扬他,会使他成为全国民众效法的对象,那要我这个当国君的何用?"

正是这样齐国没有懒惰的人,始终不沦为弱小国家,韩非《五蠹》的学说就是以此为本。

铭记链接

1.人有智,犹地有水;地无水为焦土,人无智为行尸。智用于人,犹水行于地,地势坳则水满之,人事坳则智满之。周览古今成败得失之林,蔑不由此。

2.正智无取于狡,而正智反为狡者困;大智无取于小,而大智或反为小者欺。破其狡,则正者胜矣;识其小,则大者又胜矣。况狡而归之于正,未始非正,小而充之于大,未始不大乎?

3.受人之托,忠人之事。

4.逢人且说三分话,未可全抛一片心。

5.世间屈事万千千,欲觅长梯问老天。

6.贤君择人为佐,贤臣亦择主而辅。

7.事不三思终有悔,人能百忍自无忧。

……

译文部分参考诸家注、疏、笺、校本,以现代白话的形式解说文言文原文,以帮助现代读者理解原文,明白其意思。

铭记链接是对文章内涵的延伸,所选内容和名言都是本书中知名度最高,对后人启发最深刻,能够拓展读者视野,加深读者记忆,提高阅读质量。

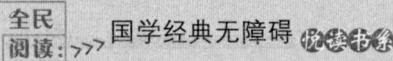

作者生平阅读——直观再现作者人生

1574 年　冯梦龙出生。

1620 年左右　冯梦龙创作完成《喻世明言》。

1624 年　冯梦龙完成《警世通言》。

1625 年初　编写成《智囊》，这个时候，冯梦龙已届天命，还在各地以做馆塾先生过活，兼为书商编书，解无米之困。

1626 年　冯梦龙编成《智囊全集》。

1627 年　完成《醒世恒言》。

冯梦龙57岁时，被补为贡生，次年破例授丹徒训导。

1630年

冯梦龙对《智谋》增订，重刊时改名为《智囊补》。同年，冯梦龙升任为福建寿宁知县，曾上疏陈述国家衰败之因。

1634年

冯梦龙返回家乡。

1638年

在清兵南下时，冯梦龙除了对反清积极进行宣传，刊行《中兴伟略》诸书之外，还以70岁的高龄，亲自为反清大业奔走。

1643年

冯梦龙忧愤而死。

1646春

作者简介

《智囊》是一部从先秦到明代智慧故事的总集。冯梦龙（1574~1646），明代文学家，思想家，戏曲家。字犹龙，又字子犹，号龙子犹、墨憨斋主人、顾曲散人、吴下词奴、姑苏词奴、前周柱史等。南直隶苏州府长洲县（今江苏省苏州市）人，出身士大夫家庭。兄梦桂，善画。弟梦熊，太学生，曾从冯梦龙治《春秋》，有诗传世。他们兄弟三人并称"吴下三冯"。

冯梦龙出生的时期，正是西方文艺复兴时期，与之遥相呼应，在我们这个有着几千年文明的东方大国，也出现了许多思想家、艺术家。李卓吾、汤显祖、袁宏道等一大批文人，以他们惊世骇俗的见解，鲜明的个性特色，卓绝的艺术成就，写下了中国思想史、文学史上璀璨的篇章。这些，都对冯梦龙产生了深刻的影响。

冯梦龙从小好读书，他的童年和青年时代与封建社会的许多读书人一样，把主要精力放在诵读经史以应科举上。他曾在《麟经指月》一书的《发凡》中回忆道："不佞童年受经，逢人问道，四方之秘复，尽得疏观；廿载之苦心，亦多研悟。"他的忘年交王挺则说他："上下数千年，澜翻廿一史。"

然而，冯梦龙的科举道路却十分坎坷，屡试不中，后来不得已才在家中著书。因热恋一个叫侯慧卿的歌妓，与苏州的茶坊酒楼下层生活频繁接触，这为他熟悉民间文学提供了第一手的资料。他的《桂枝儿》和《山歌》等民歌集就是在这个时期创作的。

直到崇祯三年，在冯梦龙五十七岁的时候，才补为了贡生，次年破例授为了丹徒训导，1634年，冯梦龙升任为福建寿宁知县。四年以后回到家乡。

在天下动荡的局势中，冯梦龙还积极刊行《中兴伟略》等书。冯梦龙还是一位爱国者，在崇祯年间任寿宁知县时，曾上疏陈述国家衰败之因。

在1646年春忧愤而死。

　　同时，冯梦龙还创作了大量的作品，这些作品比较强调感情和行为，最有名的作品为《喻世明言》《警世通言》《醒世恒言》，合称"三言"。三言与明代凌濛初的《初刻拍案惊奇》《二刻拍案惊奇》合称"三言两拍"，是中国白话短篇小说的经典代表。冯梦龙以其对小说、戏曲、民歌、笑话等通俗文学的创作、搜集、整理、编辑，为我国文学做出了独异的贡献。

　　纵览他的一生，虽有经世治国之志，但他不愿受封建道德约束的狂放，他对"敢倡乱道，惑世诬民"的李卓吾的推崇，他与歌儿妓女的厮混，他对俚词小说的喜爱等都被理学家们认为是品行有污、疏放不羁，而难以容忍。因而，他只得长期沉沦下层，或舌耕授徒糊口，或为书贾编辑养家。

著书时间

　　《智囊》初编成于明天启六年，这年冯梦龙已经年过半百。这个时期，正是奸党魏忠贤在朝中掌权，提督特务机关东厂，冤狱正盛行的时期。冯梦龙称此时为"逆当权焰如汉，黄雾四塞天下，而吴中逻调尤密，士大夫饮食言笑将摧罪案"。

　　这个时期，魏忠贤大规模迫害东林人士，与东林党中坚颇有深交的冯梦龙不可能超然物外，魏忠贤等人的倒行逆施使他甚为痛心，禀行着"士君子得志则见诸行事，不得志则托诸空言"的传统处事原则，他渴望为统治者思考怎样治国平天下，但只能是将这种忧愤寄寓《智囊》的评纂上。冯梦龙博览群书，对于时政有深刻的理解，但是对于腐败时政又不好直说，所以搜集《智囊》来影射当时的社会。

作品影响阅读——历代名家点评

卢熊在《苏州府志·人物志》中曾称冯梦龙先生为"才情跌宕,诗文丽藻,尤明经学"。

曾国藩曾夜读《智囊》,将这本书称之为"智慧奇书"。

历史学博士杨军称赞《智囊》说:以惊世骇俗的见解,鲜明的个性特色,卓绝的艺术成就,成为中国文学史上璀璨的篇章。

日本"经营之神"松下幸之助称《智囊》为"人才管理的范本"。

本书深受毛泽东的喜爱,是他评点最多的一部笔记小说。

清代李渔评此书是"惟恐失一哲人,漏一慧语"。

智 囊

人有智，犹地有水。

史记阅读

智囊

1625年，是我国的明朝时期，成化以后，历朝皇帝大都不理政事，荒淫无度，纲纪废弛，统治日趋衰败。这个时候，也正是奸党魏忠贤在朝中掌权，提督特务机关东厂，大兴冤狱，红得发紫之际，是中国专制社会最黑暗的时期之一。

在这种形势之下，已届天命的冯梦龙还在各地做馆塾先生，用来维持自己的生活，同时他还兼为书商编书，生活非常困苦。

面对这种情况，冯梦龙满心忧虑，他总结了从先秦到明代的智慧故事，将之编撰成了《智囊》一书，希望能对帝王有所启迪。《智囊》书中所表现的人物，无论是叱咤风云的帝王将相，还是普通的平民百姓，都在运用智慧和谋略创造历史。它既是一部反映古人巧妙运用聪明才智来排忧解难、克敌制胜的处世奇书，也是中国文化史上一部篇幅庞大的智谋锦囊。

冯梦龙在自序中说，愿以此书作为开掘智慧之泉的畚箕和铁镐。智慧之泉凿通了，社会的种种弊端就能救治了。这种对智慧的推崇，标志着冯梦龙对人的个体价值的高度评价。因此，冯梦龙的《智囊》刊行后，人们便纷纷要求增刻续编。

后来，冯梦龙就对这本书进行了增补，重刊时改名为《智囊补》，其他刊本也称《智囊全集》《增智囊补》《增广智囊补》等，内容上均同《智囊补》。增补之后，全书共收集了历代智慧故事1238则。

《上智》《明智》《察智》所收历代政治故事表达了冯氏的政治见解和明察勤政的为官态度；《胆智》《术智》《捷智》编选的是各种治理政务手段的故事；《语智》收辩才善言的故事；《兵智》集各种出奇制胜的军事谋略；《闺智》专辑历代女子的智慧故事；《杂智》收各种黠狡小技以至于种种骗术。

冯梦龙在《杂智部总叙》中说："正智无取于狡，而正智反为狡者困；大智无取于小，而大智或反为小者欺。破其狡，则正者胜矣；识其小，则大者又胜矣。况狡而归之于正，未始非正，小而充之于大，未始不大乎？"

点明了这些杂智故事的认识价值。

全书既有政治、军事、外交方面的大谋略,也有士卒、漂妇、仆奴、僧道、农夫、画工等小人物日常生活中的奇机智。这些故事汇成了中华民族古代智慧的海洋。书中涉及的典籍几乎涵盖了明代以前的全部正史和大量笔记、野史,使这部关于智慧和计谋的类书还具有重要的资料价值、校勘价值。

书中一千多则故事,多数信而有征、查而有据,真实生动,对我们今天学习历史,增强民族自信心和自豪感,十分有益。应当特别提及的是书中专辑《闺智》一部,记叙了许多有才智、有勇谋、有远见卓识的女性,这在"女子无才便是德"的时代,具有鲜明的人民特性。

冯梦龙同时也对自己所著的《智囊》进行了评点,他的点评或借历史以古喻今、或直接对时政发表看法,目的是为当政者提出劝诫。"前事不忘,后事之师。"说出了冯梦龙评点历史的现实目的。

在冯梦龙的评点中,多处作古今对比,对当朝政策与官吏进行批评。冯梦龙由小吏侦破命案的故事,想到古今选吏制度的差别,前代选吏出自公举,因此能够选拔办事能力强的小吏,而当朝出钱纳吏,官场成了商场,因此官吏贪赃枉法。

此书自问世以来,自明清两代、民国而后都广泛流传,不仅得到引车卖浆的平民百姓的喜爱,也受到硕儒名士的青睐,是后世帝王的必读之书。

1964年1月,毛泽东主席就特意派人去章士钊处借得此书,置于案头反复阅读,留下许多圈点和评注,从中可看出他对此书十分重视并由衷地赞赏。他在阅读过程中,对书中所载经济、军事部分的内容做了许多点评,其中就有对围点打援、集中优势兵力围歼弱势之敌等军事思想的阐述。《智囊》的历史价值可见一斑。

除了开启智慧、益智济世的实用价值外,《智囊》这部巨著还具有珍贵的资料、校勘价值。改革开放后,这本书被以各种方式整理并出版,出版的次数、版本，在文言小说中名列前茅，受到思想解放、智慧大开的中国人的特别青睐。

总之，《智囊》是一部令人不忍释卷的作品，是一部借鉴古人、智处万事之作，一部追根溯源、关照现实之作。书中不论是经邦治国、高瞻远瞩，还是出奇制胜、决胜千里，抑或是轻取富贵、全身持家，古人的种种智慧韬略，几乎收揽无遗。读这本书，就如同进入宝山一样，智慧宝石俯拾即是。携此智慧锦囊，我们可以进一步学习他们的谋略、胆量、识见、言辞等，从而向成功迈进。

辅助阅读

智囊

习近平语录："我很不希望把古代经典的诗词和散文从课本中去掉，加入一堆什么西方的东西，我觉得'去中国化'是很悲哀的。应该把这些经典嵌在学生的脑子里，成为中华民族的文化基因。"

本书的阅读，将"嵌入"作为重点，以多视角，多元化，多维度为启动引擎，在阅读时从两个主体部分着眼，就会得到相得益彰的效果。

一、版块辅导

本书共分为六大版块：图解阅读、历史阅读、辅导阅读、原典今读、体验阅读和拓展阅读。

图形是一种视觉语言，它比文字简练、直观、立体，同时也蕴含着丰富的信息。本书的图解阅读部分就是最好的证明，这部分内容是对整本书的结构概括、作者生平以及本书的历史影响及文学地位的直观展示。

接下来是历史阅读，读者可以从这部分概括性的语言中对本书的意义、传承、影响等方面有一个总体的了解。这样，在阅读原著的时候就能够更加轻松的领悟作者的思想精髓。

原典今读是本书的重中之重，它主要由原文、注释、译文等知识版块构成。梳理原文，并对生僻难解的字词进行注释，同时还配有相应的译文，这些都有利于读者理解国学经典的内容。

体验阅读是当我们读完这本经典著作之后的收获和感想，帮助读者理解领悟作品中的思想精髓，指引我们树立正确的人生观，为美好的未来打下基础。

拓展阅读是编者为了满足读者的求知欲望，根据经典图书的内涵与外延总结的知识点，有利于读者更加深入地了解这部作品所没有详细讲解内容的出处。

二、原著辅导

冯梦龙在编写《智囊》的时候，哪些故事入选，哪些故事舍弃，这些都有一个标准，这就涉及到了冯梦龙对智慧的认识问题。

纵观全书，从序言到范例，冯梦龙从来都没有给智慧下一个明确的定义，但是从他对《智囊》的分类，以及各种评点中，却处处彰显出了他对智慧的看法和见解，只要稍加梳理，就可以清晰地得到：

一、智慧是与生俱来的。

每个人的智慧都是与生俱来的基本属性，这种属性深藏于人的心里，并不会显露于外，只有通过学习，才能开掘出来。冯梦龙说："人有智，犹地有水。地无水为焦土，人无智为行尸。智用于人，犹水行于地，地势坳则水满之，人事坳则智满之。纵览古今成败得失之林，蔑不由此。"冯梦龙用地和水来比喻人和智的关系，人有智慧就像地下有水一样，通过学习开发人的智力，就像挖地见水一般。

二、智慧与观察能力有关。

冯梦龙说："智非察不神，察非智不精。……善于相人者，犹能以鉴貌辨色，察人之富贵福寿贫贱孤夭，况乎因其事而察其心，则人之忠佞贤奸，有不灼然乎？"一个人要了解事情的真相，认识事物的本质，判断人的忠奸善恶，就必须作深入细致的调查研究，才能得出准确的结论。冯梦龙编《智囊》，专辑《察智部》，选录历代明察秋毫、准确断案的故事，并在评点中以智许之。

三、智慧与胆略有关。

冯梦龙说："凡任天下事，皆胆也；其济，则智也。……智藏于心，心君而胆臣，君令则臣随。令而不往，与夫不令而横逞者，其君弱。故胆不足则以智炼之，胆有余则以智裁之。智能生胆，胆不能生智。刚之克也，勇之断也，智也。……必也取他人之智，以益己之智，智益老而胆益壮。"

智与胆的关系，是君与臣的关系。有胆无智，不过是匹夫之勇，智勇双全，才能无往不胜。《胆智部》均辑历代有勇有谋的故事，如《班超》条记载，班超出使西域，得知匈奴使至西域，班超带三十六人夜袭虏营，斩其使及从士三十余级，镇抚西域。冯梦龙评曰："必如班定远，方是满腹皆兵，浑身是胆。"对班超之智慧与胆略给予赞美。

三、智慧与反应速度有关。

冯梦龙说："叶叶而摘之，穷日不能髡一树。秋风下霜，一夕零落，此言造化之捷也。人若是其捷也，其灵万变，而不穷于应卒，此惟敏悟者庶几焉。呜呼！事变之不能停而俟我也，审矣，天下亦乌有智而不捷、不捷而智者哉！"

现代心理学研究证明，反应速度与智商密切相关，因而在各类智商测试与选拔考试中，无不考察人的反应速度。可见冯梦龙"天下亦乌有智而不捷、不捷而智者"的论断是符合科学规律的。冯梦龙编《智囊》，专列《捷智部》，选辑历代反应敏捷、随机应变的故事，为其智必捷的命题提供了大量例证。

四、智慧与品行无关。

人有善恶、正邪之分，智慧没有。即便是奸臣盗贼，他们也有可能聪明过人，智慧超群，他们的聪明才智也有借鉴价值，不能因人废言。冯梦龙用形象的比喻说明智慧本身没有正邪之分，"一饧也，夷以娱老，跖以脂户，是故狡可正，而正可狡也。"关键要看用智之人的目的何在。

五、智慧与地位身份无关。

"卑贱者最聪明，高贵者最愚蠢。"这虽然不是普遍现象，单却不乏先例。《智囊》卷一《使马圉》记载，子贡和马圉，一个是孔夫子的得意门生，一个是未曾读书识字的马夫，其贵贱自不待言，可子贡解决不了的问题，马圉一说就通。寸有所长，尺有所短。每一个人都有其特长，关键是看是否能发现其长处。冯梦龙既肯定了马圉的聪明才智，又肯定了孔夫子善于用人。

六、智慧与性别无关。

人有男女，智慧不分男女。男人也有愚蠢之徒，女人也有聪明之士。冯梦龙专列《闺智部》，辑录历代妇女智慧言行，为女性大唱赞歌。冯梦龙智慧不分男女的观点，得到了人们的高度评价。

原作新释

智囊

第一部 上 智

上智部总序

原文

冯子曰：智无常局，以恰肖其局者为上。故愚夫或现其一得，而晓人反失诸千虑。何则？上智无心而合，非千虑所臻也。人取小，我取大；人视近，我视远；人动而愈纷，我静而自正；人束手无策，我游刃有余。夫是故，难事遇之而皆易，巨事遇之而皆细；其斡旋入于无声臭之微，而其举动出人意想思索之外；或先忤而后合，或似逆而实顺；方其闲闲，豪杰所疑，迄乎断断，圣人不易。呜呼！智若此，岂非上哉！上智不可学，意者法上而得中乎？抑语云"下下人有上上智"，庶几有触而现焉？余条列其概，稍分四则，曰《见大》、曰《远犹》、曰《通简》、曰《迎刃》，而统名之曰《上智》。

译文

冯梦龙说：智慧并不是有一套固定的原则可遵循的，而是对应着不同的现实情况，有不同的应对策略。所以愚笨的人，偶而也会做出深具智慧的反应；倒是聪明的人因为谨守着原则，于是做出错误的判断。

这是为什么呢？因为真正的智慧其实是没有固定规律的，不会被既有的原则、经验和思考方式所局限，所以能灵活地深入复杂情况里，洞见常人看不到的问题核心，察知常人不能知的长远发展。而其拟定的对策，也往往出乎常人的想象，甚至看起来是违反常识的，但是等到将问题解决了，才能明白其中蕴涵着智慧。像这样不拘泥于原则的上上智慧，虽不可学,然而多知道一些这样的智慧事情,却能有效增强应对问题的能力。

一些愚笨的人偶然出现的上上智慧,也往往对我们有启发和触类旁通的效果,因此,我特地把我所知道的这些智慧故事列出来,分为四卷,分别是《见大》、《远犹》、《通简》、《迎刃》,而将其总命名为《上智》。

1. 太公孔子

原文

太公望①封于齐。齐有华士者,义不臣天子,不友诸侯,人称其贤。太公使人召之三,不至;命诛之。周公②曰:"此人齐之高士,奈何诛之?"太公曰:"夫不臣天子,不友诸侯,望犹得臣而友之乎?望不得臣而友之,是弃民也;召之三不至,是逆民也。而旌之以为教首,使一国效之,望谁与为君乎?"

齐所以无惰民,所以终不为弱国。韩非③《五蠹》之论本此。

少正卯与孔子同时。孔子之门人三盈三虚。孔子为大司寇④,戮之于两观之下。子贡⑤进曰:"夫少正卯,鲁之闻人。夫子诛之,得无失乎?"孔子曰:"人有恶者五,而盗窃不与焉:一曰心达而险,二曰行僻而坚,三曰言伪而辩,四曰记丑而博,五曰顺非而泽。此五者,有一于人,则不免于君子之诛,而少正卯兼之。此小人之桀雄也,不可以不诛也。"

小人无过人之才,则不足以乱国。然使小人有才而肯受君子之驾驭,则又未尝无济于国,而君子亦必不概摈之矣。少正卯能煽惑孔门之弟子,直欲掩孔子而上之,可与同朝共事乎?孔子狠下手,不但为一时辩言乱政故,盖为后世以学术杀人者立防。华士虚名而无用,少正卯似有大用而实不可用。壬人佥士,凡明主能诛之;闻人高士,非大圣人不知其当诛也。唐萧瑶好奉佛,太宗令出家。玄宗开元六年,河南参军⑥郑铣阳、丞郭仙舟投匦献诗。敕曰:"观其文理,乃崇道教,于时用不切事情,宜各从所好。"罢官度为道士。此等作用亦与圣人暗合。如使佞佛者尽令出家,诳道者即为道士,则士大夫攻乎异端者息矣。

注释

①太公望:姓吕名尚,为周文王师。

②周公：姓姬名旦，周武王之弟，辅佐成王为政。

③韩非：战国时代韩国的公子，口吃不能言谈，善于著书。著有《韩非子》。

④大司寇：掌管刑狱的官。

⑤子贡：姓端木名赐，孔子的学生。

⑥参军：官名，参谋军务，唐代兼管一郡军务。

译文

太公望封于齐，在齐国有一个名叫华士的人，他认为不臣服于天子，不结交诸侯是正当的事，人们都称赞他很贤明。太公望派人请他，想与之结交，但他三次都不肯到，于是太公望就命人杀了他。周公问说："他是齐国的一位高士，怎么杀了他呢？"太公望说："不臣服天子，不结交诸侯的人，我还能和他结交、将他臣服吗？凡国君无法臣服、不能结交的人，就是上天要遗弃的人。召他三次不来，就是叛逆之民。如果表扬他，会使他成为全国民众效法的对象，那要我这个当国君的何用？"

正是这样齐国没有懒惰的人，始终不沦为弱小国家，韩非《五蠹》的学说就是以此为本。

孔子的学生曾受少正卯的影响，多次离开学堂，使学堂里满堂空座。等孔子做大司寇的时候，他就判处少正卯死刑，在官门外杀了他。子贡对孔子道："少正卯是鲁国的名人，老师您杀了他，会不会不恰当啊？"

孔子说："人有五种罪恶，相比较起来盗窃还算稍好一些：第一种是心思通达而阴险，第二种是行为乖僻而固执不改，第三种是言辞虚伪而能动人心，第四种是记取非义、多而广博，第五种是顺应错误而认为理所当然。一般人要是有这五恶其中之一，就不免会被君子所杀；而少正卯同时具备这五种恶行，正是小人中的奸雄，不可不杀。"

小人没有过人的才能，就不足以乱国。假使有才能的小人肯受君子指挥为国家效力，并不是对国家没有好处的，所以君子也不应一概摒弃他们。可是少正卯煽动孔子的弟子，几乎要压过孔子，还能与之同朝共事吗？孔子狠心下手，不仅为了阻止当时以口才扰乱政局的状况，而且也为后世因学术而杀人树立了榜样。

华士夸夸其谈只是有些虚名罢了，实则无用；少正卯好像很有用，实际上也不可用。徒有口才而心术不正的小人，贤明的君主是应该杀了他。对于名人隐士，只有圣人才能认识到其该杀的理由。唐朝萧瑶痴迷于拜佛，太宗命令他出家。玄宗开元六年，河南参军郑铣阳、丞郭仙舟献诗陈情，玄宗看完后下诏："这首诗是在推崇道教。不符合时代的要求，应当依他们个人的喜好，免去官职做道士去吧！"这种做法才是圣人的行事。假如让痴迷佛教、道教的人都出家做和尚、道士，那士大夫们以邪说异端攻击正道的事情就可以平息了。

2. 诸葛亮

原文

有言诸葛丞相①惜赦者。亮答曰："治世以大德，不以小惠。故匡衡、吴汉不愿为赦。先帝亦言：吾周旋陈元方、郑康成间，每见启告，治乱之道悉矣，曾不及赦也。若刘景升父子②岁岁赦宥，何益于治乎？"及费祎③为政，始事姑息，蜀遂以削。

子产④谓子太叔⑤曰："唯有德者，能以宽服民；其次莫如猛。夫火烈，民望而畏之，故鲜死焉；水懦弱，民狎而玩之，则多死焉。故宽难。"太叔为政，不忍猛而宽。于是郑国多盗，太叔悔之。仲尼曰："政宽则民慢，慢则纠之以猛；猛则民残，残则施之以宽。宽以济猛，猛以济宽，政是以和。"商君⑥刑及弃灰，过于猛者也。梁武⑦见死刑辄涕泣而纵之，过于宽者也。《论语》赦小过，《春秋》讥肆大眚。合之，得政之和矣。

注释

①诸葛丞相：三国时代蜀国宰相，字孔明，隐居隆中，人称卧龙，刘备三访始获见，后佐刘备建国于蜀，与东吴、魏鼎足而立，拜为丞相，封武乡侯。

②刘景升父子：即刘表、刘琮。东汉献帝时刘表任荆州刺史，刘表死后，刘琮投降曹操。

③费祎：三国蜀人，与董允齐名，累官至尚书令，封成乡侯。

④子产：名公孙侨，春秋郑国人，时晋楚争霸，郑处两强之间，子产周旋其间，卑亢得宜，保持无事。

⑤太叔：即子太叔，名游吉，春秋郑国人，继子产为政，能宽不能

猛，郑国多盗。

⑥商君：即商鞅，战国卫国人，佐秦孝公变法，使秦富强。

⑦梁武：即梁武帝萧衍，长于文学、书法，迷信佛教。

译文

　　人们说诸葛亮吝于宽赦他人的罪行，诸葛亮回答："治理国家应该本着公正之心，不能施舍不恰当的恩惠。这就是匡衡、吴汉治国认为无故赦罪不是件好事的原因。先帝刘备曾说过：我曾与陈元方、郑康成交往，从他们的言谈中，可知天下兴衰治乱的道理，但他们从没谈及赦罪也是治国之道。又如刘景升父子每年都大赦人犯，但是对他们治理国家带来了什么好处呢？"后来，待费祎主政时，开始采用姑息赦免的政策，蜀国的国势由此削弱不振。

　　子产对太叔说："具备仁德的人，会用宽容的法令来治理国家；次一等的就只能用严厉的方法了。人们看见猛烈的大火会害怕，因此很少人被烧死；人们喜欢在平静的溪流里嬉戏，却往往被淹死。所以用宽容的方法治国比较困难。"后来太叔治理人民，不忍心用严厉的律法，于是郑国多盗窃之事，太叔非常后悔。孔子说："行政过于宽容，百姓就容易轻慢，这时就要用严厉的律法来纠正他们；过于严厉，百姓又可能变得凶残，就要用宽大的政令来感化他们。用宽容来调和凶残，用严厉来调和轻慢，才能做到人事通达，政事和谐。"

　　商鞅对弃灰于道的人也处以酷刑，这样就太过严厉了。梁武帝一看见执行死刑就不忍，便流着泪释放他们，这样又太过宽容。《论语》有"宽赦小过错"之说，《春秋》则讥刺放纵有大过错的人，宽容严厉相互调和适宜，才能求得政事的和谐。

3. 光武帝

原文

刘秀为大司马①时，舍中儿犯法，军市令②祭遵格杀之。秀怒，命取遵，主簿③陈副谏曰："明公常欲众军整齐，遵奉法不避，是教令所行，奈何罪之？"秀悦，乃以为刺奸将军，谓诸将曰："当避祭遵。吾舍中儿犯法，尚杀之，必不私诸将也！"罚必则令行，令行则主尊，世祖所以能定四方之难④也。

注释

①大司马：管理军事的最高长官。
②军市令：军中交易场所的主管。
③主簿：掌管官府文书账簿的官员。
④难：战乱。

译文

汉光武帝刘秀做大司马的时候，一次自己府中的童仆犯了法，军市令祭遵下令杀了他，刘秀知道了很生气，命令部下收押祭遵。这时主簿陈副规劝说："明公您一向希望军中纪律严明。现在祭遵依法办事，正是依照您的军令行事啊！这有什么过错呢？"刘秀听了很高兴，觉得有道理，不但赦免祭遵，而且还让他担任了刺奸将军。刘秀又对所有的将士们说："你们要当心祭遵喔！我府中的童仆犯法，尚且被他所杀，可见他是个公正无私的人，一定不会包庇诸位。"

赏罚分明，军令才能够推行；军令畅行无阻，主上自然受到尊重。因此世祖刘秀才能平定四方的战乱。

4. 狄武襄

原文

狄青起行伍十余年，既贵显，面涅犹存，曰："留以劝①军中！"［边批：大识量。］

即不去面涅，便知不肯遥附梁公。

注释

①劝：勉励，鼓励。

译文

宋朝名将狄青（汾州西河人，字汉臣，卒谥武襄）出身于军中十余年才显达，然而脸上受墨刑染黑的痕迹一直留着，天子劝他除去，他说："留下来可以鼓励军中的士卒奋发向上。"

就不除去脸上受墨刑染黑的痕迹这件事来看，便可知狄青绝不会接受他人劝告而冒认唐朝名臣狄仁杰为自己祖先，而是表明成就是依靠自己努力得来的。

5. 古弼　张承业

原文

魏太武尝①校猎西河，诏弼以肥马给骑士。弼故给弱者，上大怒，曰："尖头奴，敢裁量我！还台先斩此奴！"时弼属尽惶惧，弼告之曰："事君而使君盘游不适，其罪小；不备不虞，其罪大。今北狄南虏，交焉启疆，是吾忧也。吾选肥马以备军实，苟利国家，亦何惜死！明主可以理干，罪自我，卿等无咎。"帝闻而叹曰："有臣如此，国之宝也。"弼头尖，帝尝名之曰"笔头"，时人呼为"笔公"。

后唐庄宗尝须钱蒲博、赏赐伶人，而张承业主藏钱，不可得。［边批：千古第一个内臣。］

庄宗置酒库中，酒酣，使其子继岌为承业起舞。舞罢，承业出宝带币马为赠。庄宗指钱积语承业曰："和哥［冯注：继岌小字②。］乏钱，可与钱一积，安用带马？"承业谢曰："国家钱，非臣所得私。"庄宗语侵之，承业怒曰："臣老敕使，非为子孙，但受先王顾命，誓雪国耻，惜此钱，佐王成霸业耳。若欲用，何必问臣？财尽兵散，岂独臣受祸也。"因持庄宗衣而泣，乃止。

注释

①尝：副词，曾经。
②小字：小名。

译文

北魏太武帝准备去西河打猎，命令古弼供给骑士肥壮的马。古弼却故意给他们瘦弱的马。太武帝发现后大怒，骂道："尖头奴！居然敢裁夺我的事！回去先斩杀此奴。"古弼的部属风闻此事，都很害怕。古弼告诉他们说:"侍奉国君,使他不能尽情地游乐,罪过小;对意外事件缺乏应对准备,罪过却大。现在南北两地的蛮夷狡猾地侵扰边疆,才是我所忧虑的事。我选留肥壮的马匹以备非常之需,是对国家有利,即使牺牲生命也在所不惜。圣明的君主可以用合理的事去冒犯他,这个罪过我自己承担,你们没有过错。"太武帝听到了,很感慨地说:"这种臣子实在是国家的至宝啊!"古弼的头顶尖尖的,太武帝称呼他为"笔头",当时的人称他做"笔公"。

后唐庄宗要钱用于赌博及赏赐伶人,张承业控制府库,不肯给。

庄宗要不到钱,就留在酒库里喝酒,喝醉了,让自己的儿子李继岌为张承业跳舞,跳完了,张承业拿出以宝玉装饰的衣带和马匹赠送李继岌,庄宗指着钱对张承业说:"和哥缺钱用,给他一点钱嘛,宝带和马有什么用?"张承业谢罪道:"国家的钱不是微臣所能据为己有的。"庄宗又用言语来伤他,张承业很生气地说:"微臣是个老宦官,不必为我的子孙着想,只是先王叮嘱一定要为国雪耻,所以珍惜这些钱是为了助陛下完成霸业而已。如果陛下想用,何必问臣,财尽兵散,难道只是微臣受害吗?"说完就拉着庄宗的衣服哭泣,庄宗只好作罢。

6. 王叔文

原文

王叔文①以棋侍太子。尝论政至宫市之失，太子②曰："寡人方欲谏之。"众皆称赞，叔文独无言。既退，独留叔文，问其故。对曰："太子职当侍膳问安，不宜言外事。陛下在位久，如疑太子收人心，何以自解？"太子大惊，因泣曰："非先生，寡人何以知此？"遂大爱幸。

叔文固俭险小人，此论自正。

注释

①王叔文：山阴人，顺宗时谋领财柄与兵权。
②太子：即后来的顺宗。

译文

唐朝人王叔文以棋艺服侍太子。东宫的属官在一起谈论政事，谈到官内设立市场的弊病。太子说："寡人正想去劝谏父皇。"众人都赞成，只有王叔文不说话。众人退下之后，太子单独留下王叔文问原因。王叔文回答说："太子的职务只在服侍陛下用餐与问安，不应该谈论职权以外的事。陛下在位已经很久了，如果怀疑太子收买人心，您要怎么解释？"太子大惊，于是哭着说："没有你的提示，寡人怎么会知道这种事？"从此非常宠信王叔文。

王叔文虽是个阴险小人，不过他这个意见，是对的。

7. 宋太祖

原文

宋太祖推戴之初，陈桥守门者拒而不纳，遂如封丘门，抱关吏望风启钥。及即位，斩封丘吏而官陈桥者，以旌其忠。

至正间，广东王成、陈仲玉作乱。东莞人何真请于行省①，举义兵，擒仲玉以献。成筑砦自守，围之，久不下。真募人能缚成者，予钱十千，于是成奴缚之以出，真笑谓成曰："公奈何养虎为害？"成惭谢。奴求赏，真如数与之。使人具汤镬②，驾诸转轮车上。成惧，谓将烹己。真乃缚奴于上，促烹之。使数人鸣鼓推车，号于众曰："四境有奴缚主者，视此！"人服其赏罚有章，岭表悉归心焉。

高祖戮丁公而封项伯，赏罚为不均矣；光武封苍头子密为不义侯，尤不可训。当以何真为正。

注释

①行省：地方行政官署。
②汤镬：古代的酷刑，用来烹人。

译文

宋太祖赵匡胤刚被拥戴为皇帝之时，陈桥的守门人拒绝让他进入，只好转而来到封邱门，守关的人看情势如此，老远就敞开城门让他进城。太祖即位以后，处死封邱门的官吏，而赏赐官位给陈桥的守门人，以表扬他对当时王朝的忠心。

元顺帝至正年间，广东有王成、陈仲玉作乱，东莞人何真向行省请命，率领义兵擒拿陈仲玉呈献给上级。而王成却建筑营寨防守，围攻了很久都无法攻破。何真悬赏一万钱捉拿王成，王成的家奴绑着主人来求赏。何真笑着对王成说："你怎么养虎为患啊？"王成为自己没有眼光而不好意思。他家奴请求赏钱，何真如数给了他，又派人准备汤镬，架在转轮车上。王成很害怕，以为要对自己实施汤镬之刑。何真却把那家奴绑起来放在汤镬车上，让部下将他烹了，当众宣布："有家奴出卖主人的，以后都比照这种办法处理！"大家佩服他赏罚分明，岭南一带的人都表明归顺他。

  汉高祖杀死背叛项王的丁公，而封赏拼死保护自己的项伯，赏罚实在不公平。汉光武封奴仆之子为不义侯，更不可取。应当以何真的做法为标准。

8. 吕 端

原文

　　李继迁扰西鄙。保安军奏获其母，太宗欲诛之，以寇准居枢密，独召与谋。准退，过相幕①，吕端②谓准曰："上戒君勿言于端乎？"准曰："否。"告之故。端曰："何以处之？"准曰："欲斩于保安军北门外，以戒凶逆。"端曰："必若此，非计之得也。"即入奏曰："昔项羽欲烹太公③，高祖愿分一杯羹。夫举大事不顾其亲，况继迁悖逆之人乎？陛下今日杀之，明日继迁可擒乎？若其不然，徒结怨，益坚其叛耳。"太宗曰："然则如何？"端曰："以臣之愚，宜置于延州，使善视之，以招来继迁。即不即降，终可以系其心，而母生死之命在我矣。"太宗抚髀称善，曰："微卿，几误我事！"其后母终于延州。继迁死，子竟纳款。

　　具是依，则为俺答之款；具是违，则为奴囚之叛。

注释

　　①相幕：宰相办公的地方。
　　②吕端：安次人，太宗时的宰相。
　　③太公：刘邦的父亲。

译文

　　宋朝时李继迁在边境上犯乱。保安军上奏朝廷说，捕获到李继迁的母亲，宋太宗想杀了她。当时寇准任职枢密院，太宗单独召见他商议这件事。寇准退出后经过相幕，吕端问道："皇上叫你不要对我说吗？"寇准说："没有啊。"就把这件事告诉了吕端。吕端问道："皇上打算怎么处置？"寇准说："皇上想在保安军北门外将李母处斩，以警诫乱党。"吕端说:"这不是个好办法。"

随后吕端入宫对太宗说:"从前项羽想烹煮太公,刘邦还扬言想分尝一杯羹呢!做大事的人不会顾忌亲人,更何况李继迁那种叛逆之人。陛下今日杀了他的母亲,明日就能擒到李继迁吗?如果不能,只不过是出出气罢了,这样结下仇怨,只会更坚定他叛逆的决心。"太宗说:"那怎么办?"吕端说:"以愚臣之见,应把她安置在延州,派人好好服侍,再招李继迁来。若他不立即投降。也可以牵系着他的心。再说他母亲的生死权还掌握在我们手里。"太宗高兴地说:"没有你,几乎误了事。"李继迁母亲最终死在延州。李继迁死后,李继迁的儿子竟然对宋纳款称降。

同是归顺,明朝有俺答的纳款进贡;同是叛逆,明朝有奴儿干的叛变。

9. 高　拱

原文

　　隆庆中，贵州土官①安国亨、安智各起兵仇杀，抚臣以叛逆闻。动兵征剿，弗获，且将成乱。新抚阮文中将行，谒高相拱。拱语曰："安国亨本为群奸拨置，仇杀安信，致信母疏穷、兄安智怀恨报复。其交恶互讦，总出仇口，难凭。抚台偏信智，故国亨疑畏，不服拘提，而遂奏以叛逆。夫叛逆者，谓敢犯朝廷，今夷族自相仇杀，于朝廷何与？纵拘提不出，亦只违拗而已，乃遂奏轻兵掩杀，夷民肯束手就戮乎？虽各有残伤，亦未闻国亨有领兵拒战之迹也，而必以叛逆主之，甚矣！人臣务为欺蔽者，地方有事，匿不以闻。乃生事幸功者，又以小为大，以虚为实。始则甚言之，以为邀功张本，终则激成之，以实已之前说，是岂为国之忠乎！〔边批：说尽时弊。〕君廉得其实，宜虚心平气处之，去其叛逆之名，而止正其仇杀与夫违拗之罪，则彼必出身听理。一出身听理，而不叛之情自明，乃是止坐以本罪，当无不服。斯国法之正，天理之公也。今之仕者，每好于前官事务有增加，以见风采。此乃小丈夫事，非有道所为，君其勉之！"

　　阮至贵，密访，果如拱言。乃开以五事：一责令国亨献出拨置人犯，一照夷俗令赔偿安信等人命，一令分地安插疏穷母子，一削夺宣慰职衔，与伊男权替，一从重罚以惩其恶。而国亨见安智居省中，益疑畏，恐军门诱而杀之江，〔边批：真情。〕拥兵如故，终不赴勘，而上疏辨冤。阮狃于浮议，复上疏请剿。拱念剿则非计，不剿则损威，乃授意于兵部，题覆得请，以吏科给事②贾三近往勘。〔边批：赖有此活法。〕

　　国亨闻科官奉命来勘，喜曰："吾系听勘人，军门必不敢杀我，我乃可以自明矣。"于是出群奸而赴省听审，五事皆如命，愿罚银三万五千两自赎。安智犹不从，阮治其用事拨置之人，始伏。智亦革管事，随母安插。科官未至，而事已定矣。

国家于土司，以戎索羁縻之耳，原与内地不同。彼世享富贵，无故思叛，理必不然。皆当事者或朘削，或慢残，或处置失当，激而成之。反尚可原，况未必反乎？如安国亨一事，若非高中玄力为主持，势必用兵，即使幸而获捷，而竭数省之兵粮，以胜一自相仇杀之夷人，甚无谓也。呜呼！前事不忘，后事之师。吾今日安得不思中玄乎！

注释

①贵州土官：管领苗蛮地方的官，由土人世袭。
②给事：稽察衙门政事的官。

译文

明穆宗隆庆年间，贵州土官安国亨、安智之间起兵仇杀，当地巡抚以叛逆的罪名向上报告。于是率兵征伐，但又捉不到人，即将造成祸害。新巡抚阮文中上任前，先去拜见丞相高拱。高拱说："安国亨本来是被奸臣拔擢为官的，为了私仇而杀害安智的弟弟安信，致使安信的母亲穷困不堪。安智怀恨报仇。他们之间关系恶劣，互相攻讦，出口都是仇恨的话，很难判断谁是谁非。但巡抚偏向安信、安智，所以国亨疑虑恐惧，不服拘捕；于是以叛逆的罪名奏报上来。什么是叛逆？是侵犯朝廷。如今夷狄自相仇杀，和朝廷有什么关系？纵然不服拘捕，也只是违逆而已，却奏报朝廷，以军队去袭击他们，夷民怎么肯束手就死呢？虽然各有伤残，然而从未听说安国亨有领兵抵抗的事。而一定要以叛乱来加罪于他，也太过分了。为人臣的专力于欺骗蒙蔽，地方上有事隐匿不报，就挑动事端想得到非分的功劳；又把小事说成大事，把虚无说为事实。开始的时候把事态说得很严重，以便邀功，同时为将来预留余地；最后极力促成其反叛情节，以证实自己先前所说的话。这难道就是对国家尽忠吗？你确实有廉洁的美德，应平心静气去处理这件事。尽量不要给安叛逆的罪名，改为仇杀和违逆之罪，那他们一定会站出来辩驳、听从判决；只要人一站出来，是不是叛变的情形自然就清楚了。只判处他仇杀和违逆的罪，必然没有不服的。这才算是国法平正，天理公平。如今一些做官的人，往往喜欢把前任官吏所上报的事态说得更加严重，以表现自己的干练。这是小丈夫的作为，不是正道人士所该做的。你好自为之吧！"

阮文中到贵州以后，私下探访，果然都像高拱说的一样。于是，公布五项处理办法：一、责令安国亨献出安置职务的人犯；二、依照夷人的习俗，赔偿安信等人的性命；三、命令划分土地安插穷困的安智母子；四、削夺土司的职衔与其儿子世袭的权利；五、从重处罚，以严惩恶行。但是安国亨见安智还住在省城里，心中更加怀疑，怕统兵官吏诱杀他。所以依旧拥兵，不服审判，并上疏辩解冤屈。阮文中被众议所迫，又上疏请求用兵征伐。高拱心想征伐实在不是好办法，不征伐却又损害国家威严，于是暗中指示兵部，请吏部给事贾三出面去审判这件案子。

安国亨听说有官吏奉命来审判，而不是军队来清剿，很高兴地说："我是听审的证人，统兵官一定不敢杀我，我可以自己说明事情的经过。"于是赶出奸臣，亲自到省府听审。五件事都一一照办，并愿意罚银三万五千两赎罪。安智还不肯听从，阮文中又处理了那些拔擢安国亨的奸臣，安智才顺服了，也被革除管事之职，随着母亲一起得到安排。朝廷的官吏还没到，乱事便已经平定了。

国家对于土司，都用夷人的法令来约束他们，和内地不同。他们世代享受富贵，一定没有无故叛变的道理。很多时候都是当事者造成的。有的削夺，有的残害，有的处理不当，才会促成乱事。反叛尚可原谅，何况未必是反叛呢？像安国亨这件事，如果不是高拱尽力主张不用兵，势必引起战争。即使幸而战胜，但是用尽数省的兵粮，去打赢自相仇杀的夷人，没有意义。唉！前事不忘后事之师，我们怎能不怀念高拱呢！

10. 郭 绪

原文

孝宗朝，云南思叠梗化，守臣议剿。司马公疏："今中外疲困，灾异叠仍，何以用兵？宜遣京朝官往谕之。"倪文毅公言："用兵之法，不足示之有余。如公之言，得无示弱于天下，且使思叠闻而轻我乎？遣朝官谕之，固善；若谕之不从，则策窘矣。不如姑遣藩臣有威望者以往，彼当自服；俟不服，议剿未晚也。"乃简参议郭公绪及按察曹副使①玉以往。旬余抵金齿②，参将卢和统军距所据地二程许，而次遣人持檄往谕，皆被拘。卢还军至千崖，遇公，语其故。且戒勿迫。公曰："吾受国恩，报称正在此。如公言，若臣节何？昔苏武入匈奴十九年尚得生还，况此夷非匈奴比；万一不还，亦份内事也。"或谓公曰："苏君以黑发去，白发还；君今白矣，将以黑还乎？"公正色不答。是日，曹引疾，公单骑从数人行，旬日至南甸。路险不可骑，乃批荆徒步，绳挽以登。又旬日，至一大泽，戛都土官以象舆来，公乘之，上雾下沙，晦淖迷颠，而君行愈力。又旬日，至孟濑，去金沙江仅一舍，公遣官持檄过江，谕以朝廷招来之意。夷人相顾惊曰："中国官亦到此乎？"即发夷兵率象马数万，夜过江，抵君所，长槊劲弩，环之数重，有译者泣报曰："贼刻日且焚杀矣。"公叱曰："尔敢为间耶？"因拔剑指曰："来日渡江，敢复言者，斩！"思叠既见檄，谕祸福明甚，又闻公志决，即遣酋长数辈来受令，及馈土物，公悉却去，邀思叠面语。先叙其劳，次伸其冤，然后责其叛，闻者皆俯伏泣下，请归侵地，公许之。皆稽首称万寿，欢声动地。公因诘卢参将先所遣人，出以归公。卢得公报，驰至，则已撤兵归地矣。

才如郭绪，不负倪公任使。然是役纪录，止晋一阶。而缅功、罗防功，横杀无辜，辄得封荫。呜呼！事至季世，不唯立功者难，虽善论功者亦难矣！

注释

①按察曹副使：省司法长官曹玉。
②金齿：蛮族名，今云南省保山县治。

译文

明孝宗时，云南的思叠不服教化，大臣们决议起兵讨伐。司马公上疏说："当今内外疲惫，灾祸频发，怎能用兵？应当派遣官吏前去告诫他们。"倪文毅公说："按照用兵之法，在兵力不足时要表现得很充足。如马公所言，岂不是向天下示弱，这样会使思叠反而轻视我们。派朝廷的官吏去告诫他们固然很好，但如果他们不肯顺从，这个计策就行不通了。不如先派有威望的布政使前去，他们应该就会顺从；等不顺从时再讨伐也不迟。"

于是朝廷选派参议郭绪及按察副使曹玉前往。十几天后到达金齿。副将卢和率军前进两里多后停下来，然后派人拿军文书前去告诫，结果都被思叠关押起来。卢和回到千崖见郭绪，说明事情经过，并告诉郭绪不要靠近，郭绪说："我受朝廷的恩惠，现在正是报答的时候。若依你所言，做臣子的还有什么节操呢？从前苏武在匈奴十九年，尚能生还，何况这些夷人比不上匈奴。万一不能回来，也是分内的事。"有人也对郭绪说："苏武黑发去白发还，你现在已经白发了，难道会以黑发回来吗？"郭绪态度严正，不做回答。这天，曹玉称病，郭绪一人独自带着数名随从上路。十天后，郭绪到南甸。山路险峻，不能骑马，于是徒步而行，挽绳前进。又过了十天，遇到一个大沼泽，地上烟雾弥漫，地下泥淖难行，而郭绪骑着土人的象更努力地前进。又过了十天，到了孟濑，离金沙江只有三十里了。郭绪派官员拿着文书过江，告诫他们朝廷有招抚的诚意。夷人面面相觑，说："中国的官也来到这里了吗？"于是，出动夷兵率领数万象、马，半夜渡江来到郭绪的住地，用长矛、弓箭将住地环绕了好几重。翻译的人哭着报告说："贼兵马上就要杀过来了。"郭绪大声呵斥道："现在你还敢在这儿扰乱军心？"又拔剑指着翻译说："一会儿渡江，有敢再如此说的人处斩！"

思叠看了告诫的文书，心中十分清楚是祸是福，又听说郭绪的心意已决，就派数名酋长来接受诏令，并赠送土产。郭绪命令他们回去，只请思叠前来面谈。同思叠见面以后，先慰问他的劳苦，再为他伸冤，最后责备他的叛变。听到这话的人都感动得哭泣跪拜，要求归还所侵占的土地，郭绪应允，思叠他们都叩头称万岁。郭绪问起卢副将所派来的人，思叠也同意都放回来。等卢和接到郭绪的讯息即刻赶到时，思叠已经撤兵回去了。

像郭绪这样的才能、胆识和毅力，不辜负倪公的赏识委任。但是这次的功绩，郭绪却只晋升了一级，而在别的战役里，其他官吏杀死很多无辜的人，却得到很多封赏，甚且庇荫子孙。在末代之际，不只立功的人难得，连善于论叙功绩的人也很难得啊。

第二部 明 智

明智部总序

原文

冯子曰：自有宇宙以来，只争明、暗二字而已。混沌暗而开辟明，乱世暗而治朝明，小人暗而君子明；水不明则腐，镜不明则锢，人不明则堕于云雾。今夫烛腹极照，不过半砖，朱曦霄驾，洞彻八海。又况夫以夜为昼，盲人瞎马，侥幸深溪之不賷也，得乎？故夫暗者之未然，皆明者之已事；暗者之梦景，皆明者之醒心；暗者之歧途，皆明者之定局。由是可以知人之所不能知，而断人之所不能断，害以之避，利以之集，名以之成，事以之立。明之不可已也如是，而其目为《知微》，为《亿中》，为《剖疑》，为《经务》。吁！明至于能经务也，斯无恶于智矣！

译文

自从宇宙产生以来，就有"明"和"暗"的对比。混沌时期暗而开天辟地明，乱世暗而治世明，小人暗而君子明；流水不清澈则腐烂生虫，镜子不明则无法使用，人如果不明便会陷入混乱状态中，就像盲人骑瞎马一样，怎么会侥幸地不坠入深渊之中呢？所以，对于"暗者"来说到处是变化莫测的困境，对于"明者"来说，什么都是可迎刃而解的小问题。能洞见一般人所无法洞见的，能决断一般人所无法决断的，躲开可能的灾祸，获取可能的利益，成就千古之名，创建不朽功勋，这才是真正的智者之"明"。

本部分为四卷，分别为《知微》、《亿中》、《剖疑》、《经务》。能把智慧之明用于经国成务的大事，这是智慧最高的善用了。

1. 伐卫　伐莒

原文

齐桓公朝而与管仲谋伐卫。退朝而入，卫姬望见君，下堂再拜，请卫君之罪。公问故，对曰："妾望君之入也，足高气强，有伐国之志也。见妾而色动，伐卫也。"明日君朝，揖管仲而进之。管仲曰："君舍卫乎？"公曰："仲父安识之？"管仲曰："君之揖朝也恭，而言也徐，见臣而有惭色。臣是以知之。"

齐桓公与管仲谋伐莒，谋未发而闻于国。公怪之，以问管仲。仲曰："国必有圣人也！"桓公叹曰："嘻！日之役者，有执柘杵而上视者，意其是耶？"乃令复役，无得相代。少焉，东郭垂至。管仲曰："此必是也！"乃令傧者①延而进之，分级而立。管仲曰："子言伐莒耶？"曰："然。"管仲曰："我不言伐莒，子何故曰伐莒？"对曰："君子善谋，小人善意。臣窃意之也！"管仲曰："我不言伐莒，子何以意之？"对曰："臣闻君子有三色：优然喜乐者，钟鼓之色；愀然清静者，缞绖之色；勃然充满者，兵革之色。日者臣望君之在台上也，勃然充满，此兵革之色。君呼而不吟，所言者伐莒也；君举臂而指，所当者莒也。臣窃意小诸侯之未服者唯莒，故言之。"

桓公一举一动，小臣妇女皆能窥之，殆天下之浅人与？是故管子亦以浅辅之。

注释

①傧者：辅助主人引导宾客的人。

译文

一日，齐桓公上朝与管仲商量讨伐卫国的事。退朝回宫后，卫姬一望见齐桓公，便立刻走下堂来跪拜，要替卫君请罪。桓公很奇怪，问她是什么缘故，卫姬说："臣妾看见君王进来时，步伐高迈，神气豪迈，有讨伐别国的心志。可是看见臣妾后，脸色就变了，那一定是要讨伐卫国了。"

第二天桓公上朝，恭敬地引进管仲。管仲问道："君王要取消讨伐卫国的计划了吗？"桓公说："仲父怎么知道的？"管仲说："君王上朝时态度谦和，语气缓慢，看见微臣时面带惭愧的神色，微臣因此而得知。"

齐桓公与管仲商讨伐莒，计划尚未公布却已举国皆知。桓公很奇怪，便问管仲原因。管仲答说："国内必定有圣人。"桓公叹了一声，说道："哎，白天工作的役夫中，有位拿着木杵向上看的应该就是这个人了。"于是，他命令这个役夫再来工作，而且不可找人顶替。一会儿，东郭垂来了。管仲说："一定是这个人了。"就命令侯者让他来晋见，分级而站立着。

管仲说："是你说我国要伐莒吗？"

东郭垂回答："是的。"

管仲说："我从来不曾公开说过伐莒，你凭什么说我国要伐莒的呢？"

东郭垂回答："君子善于谋划，小人善于推测。伐莒是小民私下猜测的。"

管仲说："我不曾说要伐莒，你又是从哪里猜测的？"

东郭垂回答："小民听说君子有三种脸色：一是悠然喜乐，乃听音乐的脸色；一是愀然清静，是有丧事的脸色；一是勃然充满，是即将用兵的脸色。这些天我看见君王站在台上，生气充沛，这就是将用兵的脸色。君王叹息却不呻吟，所说的事情都与莒有关；君王手所指的方位也是莒国的方位。而现在尚未归顺的小诸侯只剩下莒国，所以我猜测君王将要伐莒。"

桓公的一举一动，就连妇女平民都能猜测得出，他大概是相当浅薄的人，所以管仲也用浅近的方法来辅助他。

2. 穆 生

原文

楚元王初敬礼申公等，穆生不嗜酒，元王每置酒，常为穆生设醴。及王戊即位，常设，后忘设焉，穆生退曰："可以逝矣！醴酒不设，王之意怠，不去，楚人将钳我于市！"称疾卧。申公、白生强起之，曰："独不念先王之德与？今王一旦失小礼，何足至此？"穆生曰："《易》称'知几其神。几者，动之微，吉凶之先见者也。君子见几而作，不俟①终日，先王所以礼吾三人者，为道存也。今而忽之，是忘道也。忘道之人，胡可与久处！［边批：择交要决。］吾岂为区区之礼哉？"遂谢病去。申公、白生独留，王戊稍淫暴，二十年，为薄太后服②私奸。削东海、薛郡，乃与吴通谋。二人谏不听，胥靡之，衣之赭衣，舂于市。

注释

①俟：等待。
②服：穿丧服，指在丧期。

译文

汉朝时楚元王对申公等人很是礼遇。因为穆生不爱饮酒，元王每设酒席，就为穆生准备甜酒。后来元王的儿子刘戊即位，刚开始也准备甜酒，后来就忘记了。

穆生说："到可以离开的时候了。不备甜酒，说明大王已有怠慢之意，不走的话，楚人就会把我抓到市集上处刑了。"于是他便称病不起。申公、白生强把他拉起来，说："难道你就不念及先王对我们的恩德吗，如今的大王只是在礼节细微之处疏忽了些，你何至于如此？"穆生说：

"《易经》上说，能知机者是神人。机是行动的征候，吉凶的先兆。君子见机行事，不稍延误。先王之所以礼遇我们三人，是天道尚存；现在大王忽略了，是遗忘天道，怎么能与遗忘天道的人长期相处呢？我怎么会为了区区礼节上的忽略而耿耿于怀啊！"于是，称病辞去。

只留下申公、白生仍然待在刘戊身边。

后来刘戊显出淫暴之态。景帝二年时，刘戊因在为薄太后服丧期间干奸淫的勾当，被削去东海和薛地两个封地。他恼羞成怒，便暗中与吴国勾结谋反，不管申公、白生两人怎么劝谏刘戊都不听，还将二人判以胥靡之刑，让他们穿上红色衣服在市集舂米。

3. 范　蠡

原文

朱公居陶，生少子。少子壮，而朱公中男杀人，囚楚，朱公曰："杀人而死，职也，然吾闻'千金之子，不死于市'。"乃治千金装，将遣其少子往视之。长男固请行，不听，以公不遣长子而遣少弟，"是吾不肖"，欲自杀。其母强为言，公不得已，遣长子。为书遣故所善庄生，因语长子曰："至，则进千金于庄生所。听其所为，慎无与争事。"长男行，如父言。庄生曰："疾去毋留，即弟出，勿问所以然。"长男阳去，不过庄生而私留楚贵人所。庄生故贫，然以廉直重，楚王以下皆师事之；朱公进金，未有意受也，欲事成复归之以为信耳。而朱公长男不解其意，以为殊无短长。庄生以间入见楚王，言"某星某宿不利楚，独为德可除之。"王素信生，即使使封三钱之府。贵人惊告朱公长男曰："王且赦。每赦，必封三钱之府①。"长男以为赦，弟固当出，千金虚弃，乃复见庄生。生惊曰："若不去耶？"长男曰："固也。弟今且自赦，故辞去。"生知其意，令自入室取金去。庄生羞为孺子所卖，乃入见楚王曰："王欲以修德禳星，乃道路喧传陶之富人朱公子杀人囚楚，其家多持金钱赂王左右，故王赦，非能恤楚国之众也，特以朱公子故。"王大怒，令论杀朱公子，明日下赦令。于是朱公长男竟持弟丧归。其母及邑人尽哀之，朱公独笑曰："吾固知必杀其弟也。彼非不爱弟，顾少与我俱，见苦为生难，故重弃财。至如少弟者，生而见我富，乘坚策肥，岂知财所从来哉！吾遣少子，独为其能弃财也；而长者不能，卒以杀其弟。事之理也，无足怪者，吾日夜固以望其丧之来也！"

朱公既有灼见，不宜移于妇言，所以改遣者，惧杀长子故也。"听其所为，勿与争事"，已明明道破，长子自不奉教耳。庄生纵横之才不下朱公，生人杀人，在其鼓掌。然宁负好友，而必欲伸气于孺子，何德宇之不宽也？噫，其斯以为纵横之才也与！

注释

①三钱之府：贮藏黄金、白银、赤铜三种货币的府库。

译文

陶朱公范蠡居住在陶，生了小儿子。小儿子长到壮年时，一次陶朱公的次子因为杀了人，被囚禁在楚国。陶朱公说："杀人者死，这是天经地义的。然而我听说'富家子弟不应在大庭广众之下被处决'。"于是朱公准备千两黄金，要小儿子前往探视。长子请求让他前往，陶朱公却不肯，长子认为朱公不派长子而派小弟，分明是认为自己不肖，便想自杀。他们的母亲大力为长男说话，陶朱公无奈，只好派长男带信去找老朋友庄生，并嘱咐长子说："到了以后，就把这一千两黄金送给庄生，随他处置，千万不要和他争执。"

长男前往，照着父亲的话做了。

庄生对长男说："现在你赶快离开，不要停留，即使令弟被放出来，也不要问他为什么。"长男假装离去，也不告诉庄生，却私下留在楚国一个贵人的家里。

庄生家境贫穷，但以廉洁正直受人尊重，楚王以下的人都以老师的礼数来对待他，朱公送的金子，他无意接受，想在事成后归还朱公以表示其诚信，然而朱公的长男不了解庄生，认为他只是个普通人而已。

庄生利用机会入官晋见楚王，对他说明某某星宿不利，若楚国能独自修德，就能解除。楚王一向很信任庄生，立刻派人封闭三钱之府。消息传开后，楚国贵人很惊奇地告诉朱公的长男说："楚王要大赦了。因为每次大赦前一定会封闭三钱之府。"长男认为这是因为运气遇到大赦，小弟本来就当出狱，那一千两黄金是白花的，于是他又去见庄生。

庄生看到长男惊讶地说："你怎么没有离开？"长男说："是啊。我弟弟很幸运现在碰上楚王大赦，所以来告辞。"庄生知道他的意思，便叫他自己进屋去拿黄金回家。

长男的做法，使庄生非常不快，便又入宫见楚王说："大王想修德除灾，但外面传言陶的富人朱公子因杀人，囚禁在楚国，他的家人拿了很多钱来贿赂大王左右的人，所以大王这次大赦，并非真正体恤楚国的民众，只是特地为开释朱公子而已。"

楚王听了很生气，立即下令处决朱公子，第二天才下大赦令。

于是朱公的长男最后只有运弟弟的尸体回家，他的母亲及乡人都很悲伤。朱公却笑着说："我开始就知道他一定会害死自己弟弟的。他不是不爱弟弟，只是从小和我在一起，知道生活的艰苦，所以特别重视身外之财；至于小儿子，生下来就过着富裕的生活，哪里知道钱财是怎么来的。原本我派小儿子去，只因为他能丢得开财物，而长男就做不到，最后害死弟弟是很正常的，我本来就等着他带着丧事回来。"

朱公既然已经能预见到结果，就不该听妇人的话而改派长子，可能是怕长子自杀的缘故。临行之前嘱咐长子要随庄生处理，不起争执，已经讲得很清楚了，只是长子自己不听而已。庄生才能不输于朱公，谁生谁死完全控制在他的手掌中。然而他却为与孩子争一口气，背叛了好友，为什么心胸这么狭窄呢？唉！他认为这样才算有翻云覆雨的能力吗？

4. 曹　操

原文

　　何进与袁绍谋诛宦官，何太后不听，进乃召董卓，欲以兵胁太后。曹操闻而笑之，曰："阉竖之官，古今宜有，但世主不当假之以权宠，使至于此。既治其罪，当诛元恶，一狱吏足矣，何必纷纷召外将乎？欲尽诛之，事必宣露，吾见其败也！"卓未至而进见杀。

　　袁尚、袁熙奔辽东，尚有数千骑。初，辽东太守公孙康恃远不服，及操破乌丸，或说操：遂征之，尚兄弟可擒也。操曰："吾方使康斩送尚、熙首来，不烦兵矣。"九月，操引兵自柳城还，康即斩尚、熙，传其首。诸将问其故，操曰："彼素畏尚等，吾急之则并力，缓之则相图，其势然也。"

　　曹公之东征也，议者惧军出，袁绍袭其后，进不得战而退失所据。公曰："绍性迟而多疑，来必不速。刘备新起，众心未附，急击之，必败。此存亡之机，不可失也。"卒东击备。田丰果说绍曰："虎方捕鹿，熊据其穴而唉①其子，虎进不得鹿，而退不得其子。今操自征备，空国而去，将军长戟百万，胡骑千群，直指许都，捣其巢穴。百万之师自天而下，若举炎火以焦飞蓬，覆沧海而沃漂炭，有不消灭者哉？兵机变在斯须，军情捷于桴鼓。操闻，必舍备还许，我据其内，备攻其外，逆操之头必悬麾下矣！失此不图，操得归国，休兵息民，积谷养士。方今汉道陵迟，纲纪弛绝，而操以枭雄之资，乘跋扈之势，恣虎狼之欲，成篡逆之谋，虽百道攻击，不可图②也。"绍辞以子疾，不许。[边批：奴才不出操所料。]丰举杖击地曰："夫遭此难遇之机，而以婴儿之故失其会，惜哉！"

　　操明于翦备，而汉中之役，志盈得陇，纵备得蜀，不用司马懿、刘晔之计，何也？或者有天意焉？操既克张鲁，司马懿曰："刘备以诈力虏刘璋，蜀人未附，今破汉中，益州震动，因而压之，势必瓦解。"刘晔亦以为言，操不从。居七日，蜀降者言："蜀中一日数十惊，守将虽斩之而不能安也。"操问晔曰："今可击否？"晔曰："今已小定，未可犯矣。"操退，备遂并有汉中。

安定与羌胡密迩，太守毋丘兴将之官，公戒之曰："羌胡欲与中国通，自当遣人来，慎勿遣人往！善人难得，必且教羌人妄有请求，因以自利，不从，便为失异俗意，从之则无益。"兴佯诺去，及抵郡，辄遣校尉范陵至羌，陵果教羌使自请为属国都尉。公笑曰："吾预知当尔，非圣也，但更事多耳！"

注释

①啖：吃。
②图：图谋，谋取。

译文

东汉末年，何进与袁绍一起计划要诛杀宦官，可何太后不允，何进只好召董卓进京，想利用董卓的兵力威胁何太后。曹操听了，笑着说："古今都有太监，只是国君不能过于放纵，给他们过多权力，使他们跋扈到这种地步。如果要治他们的罪，只要诛杀元凶就行了，这样的话，只需要一名狱吏就可以了，何必去请外地的军将呢？若想这样把宦官赶尽杀绝，计划一定会泄露出去，事情反而不会成功。我已经能够预见他们的失败了。"果然，董卓还没到，何进就被杀了。

东汉末年官渡之战以后，袁熙、袁尚两兄弟投奔辽东，手下还有数千名骑兵。起初，辽东太守公孙康因为地盘远离京师，不服朝廷管辖。等曹操攻下乌丸后，有人劝曹操征讨辽东，顺便可以抓住袁氏兄弟。曹操说："我正准备让公孙康自己杀了袁氏兄弟，拿二人的脑袋来献呢，我们不必动用兵力了。"

九月，当曹操带兵从柳城回来时，果然公孙康就斩杀了袁氏兄弟，将首级送来。诸将问曹操这是什么缘故，曹操说："公孙康向来怕袁氏兄弟，我若逼急了他们就会联合起来抵抗，我若放松，他们就会互相争斗起来。这是情势所定，必然的。"

曹操东征时，众人担心军队都出去之后，袁绍会从后面袭击，这样一来，前进无法放手一战，后退又会失去根据地。曹操说："袁绍个性迟缓多疑，不会很快就来进攻；刘备刚刚兴起，民心尚未依附，现在去攻击刘备一定会成功，这是一个好机会，不可失去。"于是曹操向东攻击刘备。这时果然田丰劝说袁绍："老虎正在捕鹿，熊去占领虎穴、吃掉虎子，老虎向前得不到鹿，向后又失去虎子。现在曹操去攻击刘备，军队尽出，将军您拥有雄厚的兵力，如果直接攻进许都，捣毁曹操的巢穴，百万大军从天而降，就像点火来烧干枯的野草，倒大海的水来冲熄一炉火炭，怎么会有不在瞬间消灭的道理？只是，时机稍纵即逝，形势的变动比鼓声还传得快，曹操知道了，一定会放弃攻击刘备，赶回许都守巢。不过，那时候如果我们已经占领他的巢穴，刘备又在外夹攻，曹操的头颅，很快的就能高悬在将军您的旗杆上了。但是如果失去这个时机，等曹操回来的话，他就可以休养生息，储粮养士。如今汉室日渐败落，万一曹操篡逆的阴谋成了气候，即使再用各种方法攻击，也不可能成功了。"

但是，袁绍却以儿子生病为由推辞。田丰气得拿手杖敲地说："得到这种千载难逢的机会，却为了一个婴儿而放弃，真是可惜啊！"

曹操明白要得到天下，一定要消灭刘备。而汉中之战，他却因为急着占有陇地，而让刘备乘机占领了蜀地。曹操没有采纳司马懿、刘晔的计策，是什么原因呢？或许是天意吧？曹操打败张鲁后，司马懿曾说："刘备用计擒住了刘璋，但蜀人还没有依附于他；如今汉中被攻破，整个益州都震动了。如果这时乘势追击一定可以彻底击溃刘备。"刘晔也这样劝说，曹操却不肯。七天后，听到投降过来的蜀人说，蜀中一天数十起变故，守将虽不惜用杀人来镇压，都控制不了。这时曹操问刘晔说："现在出击还来得及吗？"刘晔说："现在蜀地已经差不多安定了，时机已经过去没办法打了。"于是曹操将大军撤退，刘备占领了整个汉中。

安定郡和羌人相邻很近，太守毋丘兴上任时，曹操警告他说："羌人如果想和中国交往，应当由他们派使者来，你千万不要派使者去。因为好使者不容易找，派去的人一定为了个人私利，教羌人做出种种对中国不利的请求。等到那时候，若不答应便会失了当地羌人的民心，如果应允又对我们没有好处。"

毋丘兴假装答应前去上任，到了安定郡，却派遣校尉范陵到羌做使者，范陵果然教羌使自己请求当中国的属国校尉。

曹操笑着说："我预测的一定会实现，不是因为我特别聪明，只是阅历多而已。"

5. 西门豹

原文

魏文侯时，西门豹为邺令，会长老问民疾苦。长老曰："苦为河伯娶妇。"豹问其故，对曰："邺三老①、廷掾②常岁赋民钱数百万，用二三十万为河伯娶妇，与祝巫共分其余。当其时，巫行视人家女好者，云'是当为河伯妇'。即令洗沐，易新衣。治斋宫于河上，设绛帷床席，居女其中。卜日，浮之河，行数十里乃灭。俗语曰：'即不为河伯娶妇，水来漂溺。'〔边批：邪教惑人类然。〕人家多持女远窜，故城中益空。"豹曰："及此时，幸来告，吾亦欲往送。"至期，豹往会之河上，三老、官属、豪长者、里长、父老皆会，聚观者数千人。其大巫，老女子也，女弟子十人从其后。豹曰："呼河伯妇来。"既见，顾谓三老、巫祝、父老曰："是女不佳，烦大巫妪为入报河伯。更求好女，后日送之。"即使吏卒共抱大巫妪投之河。有顷，曰："妪何久也？弟子趣之。"复投弟子一人河中。有顷，曰："弟子何久也？"复使一人趣之，凡投三弟子。豹曰："是皆女子，不能白事。烦三老为入白之。"复投三老。豹簪笔磬折向河立待，良久，旁观者皆惊恐。豹顾曰："巫妪、三老不还报，奈何？"复欲使廷掾与豪长者一人入趣之。皆叩头流血，色如死灰。豹曰："且俟须臾。"须臾，豹曰："廷掾起矣。河伯不娶妇也。"邺吏民大惊恐，自是不敢复言河伯娶妇。

娶妇以免溺，题目甚大。愚民相安于惑也久矣，直斥其妄，人必不信。唯身自往会，簪笔磬折，使众著于河伯之无灵，而向之行诈者计穷于畏死，虽驱之娶妇，犹不为也，然后弊可永革。

注释

①三老：掌管教化的官。

②廷掾：县府的助理。

译文

战国魏文侯时，西门豹担任邺县的长官，他向地方上的长者询问民间的疾苦。长老回答说："最头痛的事就是为河伯娶亲。"

西门豹问他们是何原因，长老说："邺县的三老、廷掾每年要向当地百姓收取几百万钱，用其中二三十万为河伯娶亲，再和巫婆分享剩下的钱。最头痛的是娶亲时，巫师会到每户人家去查看，看到美女就说她应当作河伯的妻子，立即命令她沐浴更衣，并在河边搭建斋宫，布置红色的帐幕和床席，把选好的美女安置在里面。等到有好日子的那一天，将床及床上的美女放入河中漂流，一般漂流至几十里就沉没了。地方上传言：'如果不为河伯娶亲，河水就会泛滥成灾。'因此，很多人家都带着女儿逃到远处去，所以城中越来越空。"西门豹说："到河伯娶亲的日子，希望你来告诉我，我也要去送亲。"

娶亲当天，西门豹到河边去，三老、官吏、地方领袖、里长、父老都到了，围观的百姓有几千人。主持仪式的是个老巫婆，她的女弟子十人跟随在其后。

西门豹吩咐说："叫河伯的新娘子过来。"看过后，西门豹对三老、巫婆及父老说："这个女子不漂亮，麻烦大巫婆去河里报告河伯，我们要再找更美的女子，后天送来。"就派吏卒抱起大巫婆投入河里。不久，西门豹说："大巫婆为什么去这么久不回来，派个弟子去催她。"接着将巫婆的一个女弟子投入河中。一会儿又说："怎么这个弟子也去这么久不回呀？"于是，西门豹又下令再派一名弟子去催。前后总共投了三个弟子。

西门豹说："这些人都是女子。一定是事情说不清楚。烦三老前去说明。"又命人把三老投下河。西门豹假装恭恭敬敬地站在河边等候。过了很久，旁观的人愈来愈害怕。这时西门豹回头说："巫婆、三老都不回报。怎么回事呀？"于是要派廷掾和另一个豪富前去催促。这两人一听立刻跪下叩头不愿前去，直叩得头破血流，脸色灰白。西门豹见状说："那好吧，就再等一会儿。"

不久，西门豹说："廷掾起来吧，河伯不娶亲了。"邺县的官民都非常害怕，从此谁也再不敢提河伯娶亲的事。

　　为了避免水灾而替河伯娶亲，实在是个很大的难题。愚昧的百姓相信这样的谎言时日已久。如果直接痛斥此事，百姓一定不相信。西门豹只有亲自去参加娶亲，又装出一副恭敬的模样，才能使众人明白那根本不是什么河伯作祟，先前的行为都是唬人的。骗人的人终于无计可施。这时就算有人赶他们去替河伯娶亲，因为怕死他们也绝不敢再做，这样一来弊病才可以永久消除。

6. 刘 晏

原文

唐刘晏为转运使时，兵火之余，百费皆倚办于晏。晏有精神，多机智，变通有无，曲尽其妙。尝以厚值募善走者，置递相望，觇①报四方物价，虽远方，不数日皆达。使食货轻重之权悉制在掌握，入贱出贵。国家获利，而四方无甚贵甚贱之病。

晏以王者爱人不在赐与，当使之耕耘织纴，常岁平敛之，荒则蠲救之。诸道各置知院官，每旬月具州县雨雪丰歉之状。荒歉有端，则计官取赢，先令蠲某物、贷某户，民未及困而奏报已行矣。议者或讥晏不直赈救而多贱出以济民者，则又不然。善治病者，不使至危笃；善救灾者，不使至赈给。故赈给少则不足活人，活人多则阙国用，国用阙则复重敛矣！又赈给多侥幸。吏群为奸，强得之多，弱得之少，虽刀锯在前不可禁——以为"二害"。灾渗之乡，所乏粮耳，他产尚在，贱以出之，易以杂货，因人之力，转于丰处，或官自用，则国计不乏；多出菽粟，资之巢运，散入村闾，下户力农，不能诣市，转相沿逮，自免阻饥——以为"二胜"。

先是运关东谷入长安者，以河流湍悍，率一斛得八斗，至者则为成劳，受优赏。晏以为江、汴、河、渭，水力不同，各随便宜造运船，江船达扬州，汴船达河阴，河船达渭口，渭船达太仓，其间缘水置仓，转相受给。自是每岁运谷至百余万斛，无升斗沉覆者。又州县初取富人督漕輓，谓之"船头"；主邮递，谓之"捉驿"；税外横取，谓之"白著"。人不堪命，皆去为盗。晏始以官主船漕，而吏主驿事，罢无名之敛，民困以苏，户口繁息。

晏常言："户口滋多，则赋税自广。"故其理财常以养民为先，可谓知本之论，其去桑、孔远矣！王荆公但知理财，而实无术以理之；

亦自附养民，而反多方以害之。故上不能为刘晏，而下且不逮②桑、孔。

晏专用榷③盐法充军国之用，以为官多则民扰，[边批：名言。]故但于出盐之乡置盐官，取盐户所煮之盐，转鬻于商人，任其所之，其余州县不复置盐官。其江岭间去盐乡远，转官盐于彼贮之；或商绝盐贵，则减价鬻之，谓之"常平盐"。官获其利，而民不困弊。

常平盐之法所以善者，代商之匮，主于便民故也。若今日行之，必且与商争鬻矣。

注释

① 觇：偷看，侦察。
② 逮：及，达到。
③ 榷：专营，专卖。

译文

唐朝人刘晏任转运使的时候，正逢内战不断、藩镇割据的时节，所有的军事费用都靠刘晏来筹措办理。刘晏事业心很强，既富机智，又善变通，办国家财政事务很是得心应手。他曾用高价招募擅长跑步的人，到各地问询物价，并互相传递情报，虽是远方的信息，不过几天便可知道。因此食品百货的价格，都掌握在他的手中。刘晏低价买进，高价售出，不仅国家能够获利，而且各地的物价也因此控制得很平稳。

刘晏认为君王爱民不在于赏赐他们多少，而是应当让百姓安于耕耘纺织。在税赋方面，让百姓正常的年头交纳公平合理的赋税，荒年时就减免或用国家的财力来济助他们。刘晏在各道分别设置知院官，每十天或一月详细报告各州县天气状况以及庄稼收成的情形。如果歉收有正当的理由，则会计官在催收赋税时，主动下令哪类谷物可以免税，哪些人可向政府借贷。因此各地的百姓都未因歉收而受困，各种救灾的措施也已报准朝廷施行。

有人责怪刘晏不直接救济人民，只低价出售粮食物品给人民，这种说法其实并不正确。好的医生不会让病人的病情拖到无药可救才来救治，善于救灾的人也不会使人民到达完全需要救助的地步。因为救助少了则不足以养活人民，救助得多则国家的财政会发生困难，国家的财政一旦出现问题又必须征收重税补充，如此往复必定形成恶性循环。另外，在救济时往往官吏相互狼狈为奸，容易贪赃枉法，救助的财物真正分到需要救济的百姓身上却很少，即使用严刑峻法来威吓也无法禁止，反而会造成双重的灾害。发生灾害的地区，所缺乏的其实只有粮食而已，其他的产品往往可维持正常的供应，若能低价将这些产品卖出去，交换其他急缺的货品，借政府的力量转运到丰收的地方或者留官府自用，国家的生计就不会匮乏。或者国家卖出囤积的谷物，由分交运粮的单位转运到缺粮的地区，使无力购买的贫困人民，能经由政府的辗转传送免除饥荒。这样就有双重好处。

在刘晏上任之前，因为河水湍急，运送进入长安城的谷物大抵十斗能运到八斗就算成功，完成任务的官员也就可得到优厚的赏赐。刘晏以长江、汴水、黄河、渭水等水力各不相同，按照不同的河流制造了不同的运输船只，长江的船运到扬州，汴水的船运到河阴，黄河的船运到渭口，渭水的船运到太仓。还在河边设置仓库，辗转接送。从此，每年运谷量多达一百多万斛，大约做到没一点点折损。还有，州县起初找富人来监督水陆运输，称之为"船头"；主持邮递的叫做"捉驿"，在正当的税收之外还强制索取的叫做"白著"。有些人为了逃避这些苛征和劳役，干脆群聚为盗贼。刘晏上任后，将船运和邮递事务全收归政府管理，废除了不正常的征敛，人民的困苦才得到解脱，户口也逐渐增加。

刘晏经常说，人口多，税赋自然多，所以他理财常常是先养民，真可谓是懂得根本道理之人。比汉代理财专家桑弘羊与孔仅好太多了。王荆公只知道理财，而实际上没有理财的正确方法，他自认为在养民，结果反而残害了人民，所以他上不如刘晏，下不及桑、孔。

刘晏将盐收归政府专卖，税收充作军队、国家之用。他认为官吏多会骚扰人民，所以只在产盐的乡邑设置总理盐务的盐官，直接把盐户所煮出的盐卖给商人，任随他们转卖到各地，其余州县则不再设置盐官。在江岭间离盐乡远的地方，刘晏则将官盐转运到当地贮藏起来。等商人惜售，盐价昂贵之时，刘晏就将官盐运出减价卖给人民，这盐又叫做

"常平盐",官府得到了利益而人民也不困乏。

"常平盐"的方法所以理想,在于处在供应短缺时,可补充正常商业行销的不足,而满足人民需求的缘故。如果在供需正常的时候推行,一定会造成政府和商人的争利。

7. 刘 涣

原文

治平间,河北凶荒,继①以地震,民无粒食,往往贱卖耕牛,以苟岁月。是时刘涣知澶州,尽发公帑之钱以买牛,明年震摇息,逋民归,无牛可耕,价腾踊十倍,涣以所买牛,依元直卖与,故河北一路,唯澶州民不失所。

注释

①继:连续,紧接着。

译文

宋英宗治平年间,河北发生大灾荒,不久又发生地震,百姓粮食没有了,往往把耕牛廉价出售来苟延度日。刘涣当时在澶州任知州,就把公款拨出全部用以买牛。第二年,地震停了,离散的人都回来,自家却没有牛可以耕田,耕牛奇缺,牛价因此上涨十倍。这时,刘涣将所买的牛依原价卖出,所以河北各州,只有澶州百姓不致流离失所。

8. 张居正

原文

俺答孙巴汉那吉，与其奶公①阿力哥，率十余骑来降。督抚尚未以闻，张江陵已先知之，[边批：宰相不留心边事，那得先知？] 贻书王总督崇古查其的否，往复筹之曰："此事关系甚重，制虏之机实在于此。顷据报俺酋临边索要，正恐彼弃而不取，则我抱空质而结怨于虏，今其来索，我之利也。第戒励将士，壁清野以待之，使人以好语款之。彼卑词效款，或斩我叛逆赵全等之首，誓以数年不犯吾塞，乃可奉闻天朝，以礼遣归。但闻老酋临边不抢，又不明言索取其孙，此必赵全等教之，[边批：看得透。] 诱吾边将而挑之以为质，伺吾间隙而掩其所不备。难当并堡坚守，勿轻与战，即彼示弱见短，亦勿乘之。[边批：我兵被劫，往往坐此。] 多行间谍，以疑其心，或遣精奇骑出他道，捣其巢穴，使之野无所掠，不出十日，势将自遁，固不必以斩获为功也。续据巡抚方金湖差人鲍崇德亲见老酋云云，其言未必皆实。然老酋舐犊之情似亦近真，其不以诸逆易其孙，盖耻以轻博重，[边批：看得透。] 非不忍于诸逆也。乳犬驽驹，蓄之何用？但欲挟之为重，以规利于虏耳。今宜遣宣布朝廷厚待其孙之意，以安老酋心，却令那吉衣其赐服绯袍金带，以夸示虏使。彼见吾之宠异之也，则欲得之心愈急，而左券在我，然后重与为市，而求吾所欲，必可得也！俺酋言虽哀恳，身犹拥兵驻边，事同强挟，未见诚款。必责令将有名逆犯，尽数先送入境，掣回游骑，然后我差官以礼送归其孙。若拥兵要质，两相交易，则夷狄无亲，事或中变，即不然，而聊以胁从数人塞责，于国家威重岂不大损？至于封爵、贡市二事，皆在可否之间。若鄙意，则以为边防利害不在那吉之与不与，而在彼求和之诚与不诚。若彼果出于至诚，假以封爵，许其贡市，我得以间，修其战守之具，兴屯田利，边鄙不耸，稳人成功。彼若寻盟，则我示羁縻之义，彼若背盟，则兴问罪之师，胜算在我，数世之利也。诸逆既入境，即可执送阙下，献俘正法，传首于边，使叛人知畏。先将那吉移驻边境，叛人先入，那吉后行，彼若劫质，即斩那吉首示之，闭城与战。彼曲我直，战无不克矣。阿力哥本导那吉来降，与之，必至糜烂。[边批：牛僧孺还悉怛谋于吐蕃，千古遗恨。]今彼既留周、元二人，则此人亦可执之以相当，断不可与。留得此人，将来大有用处，唯公审图之。"

后崇古驰谕虏营，俺答欲我先出那吉，我必欲俺答先献所虏获。俺答乃献被掳男妇八十余人。夷情最躁急，遂寇抄我云石堡。崇古亟令守备范宗儒以嫡子范国囷及其弟宗伟、宗伊质虏营，易全等。俺答喜，收捕赵全等，皆面缚械系，送大同左卫。是时周、元闻变，饮鸩死，于是始出那吉，遣康纶送之归。那吉等哭泣而别。巡抚方逢时诫夷使火力赤猛克，谕以毋害阿力哥。既行，次河上，祖孙呜呜相劳，南向拜者五，使中军打儿汉等入谢，疏言："帝赦我逋迁裔，而建立之德无量，愿为外臣，贡方物。请表笺楷式及长书表文者。"

江陵复移书总督曰："封贡事，乃制虏安边大机大略，时人以狷嫉之心，持庸众之议，计目前之害，忘久远之利，遂欲摇乱而阻坏之，不唯不忠，盖亦不智甚矣。议者以讲和示弱，马市起衅，不知所谓和者，如汉之和亲，宋之献纳，制和者在夷狄，不在中国，故贾谊以为'倒悬'，寇公不肯主议。今则彼称臣乞封，制和者在中国，不在夷狄，比之汉、宋，万万不侔。至于昔年奏开马市，彼拥兵压境，恃强求市，以款段驽罢索我数倍之利，市易未终，遂行抢掠，故先帝禁不复行。今则因其入贡，官为开集市场，使与边民贸易，其期或三日二日，如辽开原事例耳，又岂马市可同语乎？至于桑土之防，戒备之虑，自吾常事，不以虏之贡不贡而有加损也。今吾中国，亲父子兄弟相约也，而犹不能保其不背，况夷狄乎？但在我制驭之策，自合如是耳。数十年无岁不掠，无地不入，岂皆以背盟之故乎？即将来背盟之祸，又岂有加于此者乎？议者独以边将不得捣巢，家丁不得赶马，计私害而忘公利，遂失此机会。故仆以为不唯不忠，盖亦不智甚矣。"已乃于文华殿面请诏行之，又以文皇帝封和宁、太平、贤义三王故事，拣付本兵②，因区画八策属崇古。崇古既得札，遂许虏，条上封贡便宜，诏从之。俺答贡名马三十，乃封俺答为顺义王,余各封赏有差,至今贡市不绝。

板升诸道既除,举朝皆喜。张江陵语督抚曰:"此时只宜付之不知,不必通意老酋,恐献以为功,又费一番滥赏,且使反侧者益坚事虏之心矣。此辈宜置之虏中,他日有用他处;不必招之来归,归亦无用。第时传谕以销兵务农,为中国藩蔽,勿生歹心;若有歹心,即传语顺义,缚汝献功矣。然对虏使却又云:'此辈背叛中华,我已置之度外,只看他耕田种谷,有犯法,生歹心,任汝杀之,不必来告。'以示无足轻重之意。"

注释

①奶公:乳母之夫。
②本兵:兵部尚书的别名。

译文

明朝时,鞑靼酋长俺答的孙子巴汉那吉和他的奶公阿力哥率领十万多骑兵来降。总督巡抚还未向皇帝禀报,张居正已先知道此事,于是写信给总督王崇古,查问事情是否属实,并且在信中仔细地计议。他说:"这件事情关系重大,降服鞑靼的关键就在此一举。刚接到消息说鞑靼酋长要到边境上来要人,我正怕他放弃不要,否则我们空有人质而与俺答结怨。现在他既然来要人,就对我们有利。现在只要勉励将士,坚固壁垒、肃清郊野以待敌,并派使者向鞑靼好言相劝,如果他们肯降服于我,或斩杀我方叛将赵全等人,立誓数年不再侵犯我国边境,我们一定会禀奏皇上,依礼遣送巴汉那吉回去。"

"但我听说老酋长这回到边境上既不抢劫,又不明言要索取自己的孙子。这一定是赵全等人教他的,想引诱我方边境将士。把他捉来当人质,再趁我们不备时进击。我们应关起城门坚守,不要轻易出兵与他作战。即使他们看起来军力很弱,也不要进攻。要多派间谍离间,让对方疑心。或派遣精锐骑兵去直接攻击他们的后方巢穴,使他们想战不能战,想抢没得抢。这样不出十天,他们必定自行离去,这样的结果就算成功了,不必非要虏获敌人才算有功。我还听说巡抚方金湖派遣鲍崇德去会见老酋长等等，这些传闻未必是事实。这回老酋长表现出的亲情很是真实，他不用我方叛降的人来交换他的孙子，大概是耻于用无足轻重的人来换取他心目中重要的孙子，而不是不忍心杀掉赵全那批叛降的人。其实，我们留着巴汉那吉这样乳臭未干的小孩并没有什么好处，不过他对俺答而言无比重要，可以借此挟制鞑靼。所以，应该派人去通告说朝廷厚待他的孙子，让老酋长安心。然后命令巴汉那吉穿着朝廷赏赐的红袍金带去见鞑靼的使者，老酋长见我方对巴汉那吉的宠爱，要回孙子的心意将会更加急切。而王牌握在我们手中，这样的情况下进行和议，我方有什么要求一定会达成。俺答在言语上虽然哀怨，但他在边境上还拥有大批军队，这样像是在威胁我方，尚未表现出和谈的诚意，所以一定要让他将赵全等人先全数送入边境，并且撤回骑兵，然后我们才能派使者依礼送回他的孙子。如果他带兵来要人质，我们就答应谈判，然而戎狄之人不可过分相信，唯恐他们中途变卦。就算俺答不搞花样，就凭着他带兵威胁，我们就答应和议放人，这样岂不是严重损害了我国的威严？至于封爵位、进贡交易两件事，都无关紧要。我觉得重要的是，边防的利害问题不在那吉送不送回去，而在俺答有没有和谈的诚意。如果俺答真有诚心，封给他爵位，准许进贡交易不是问题，我们也可趁机休养生息，推行屯田。边境没有烽火之警，农夫也能放心耕种田地。俺答如果要求和盟，我方当予以怀柔，只要名义上尊本朝为天子，鞑靼可完全保有自主权；如果他背叛盟约，我们当立刻兴师问罪。胜算掌握在我们手中，几世都会有利。那些叛逆之人入境后立即送往京师处决。然后将首级送到边境，使心怀叛逆的人害怕畏惧。可将巴汉那吉先送到边境，但必须等那些叛逆入境后，再送巴汉那吉出发。俺答如果打算劫持人质，我们就立即将巴汉那吉斩首，并关闭城门来作战。他们理屈，我们有理，一定可以打胜仗。阿力哥是引导巴汉那吉来投降的人，他回去一定会被处死。现在俺答既然留下周、元二人，我们也可以留下阿力哥，绝不可以送回去。留下这个人，将来会有很大用处，希望你仔细考虑。"

后来，王崇古派人去告诉俺答，俺答要明室先交出巴汉那吉，明室的答复是一定要俺答先献出他俘虏的人。于是俺答先送来被他俘虏的八十多名男女。这时有一部分鞑靼军沉不住气，开始攻击云石堡。王崇古立即命令守备范宗儒，派其长男范国囤及弟弟宗伟、宗伊到俺答的军营作为人质，来交换赵全等叛徒，俺答很高兴，就将赵全等人加以手铐脚镣送到大同左卫。此时叛降鞑靼的周、元二人听说情况有变，便饮毒自杀。明室这才把巴汉那吉带出来，派康纶送回去，巴汉那吉等人哭着道别。巡抚方逢时告诫鞑靼，要火力赤猛克不要加害阿力哥。巴汉那吉来到黄河边时，俺答亲自来迎，祖孙相见伤心落泪，互相问候，并向南方拜了五次。俺答又派亲信阿儿汉进京道谢。上疏说："皇上赦免我擅自逃亡的孙儿，恩德无量，俺答愿意以皇上在远方的臣子自居，进贡我国产物，请求颁赐表章书信格式及擅长文书章奏的人。"

张居正又写信给总督说："封爵位和进贡的事是控制夷狄、安定边塞的重要策略。现在有人心怀嫉妒，坚持一些庸俗无知的建议，只看到眼前的小问题，完全不顾国家长久的利益，想扰乱甚至阻止和议的进行，这不只是不忠，更是愚昧至极。那些人认为议和是向夷人示弱，答应鞑靼人开放马匹交易一定会引发战乱，这实在是不了解所谓和平的意义。像汉朝的和亲、宋朝的奉纳，以前要战要和完全控制在夷狄手中，而不在中国。所以贾谊认为是本末倒置，寇准坚决反对和议。如今鞑靼对我国称臣求封，和议是控制在中国手里，不在夷狄，比起汉朝、宋朝，这是绝不一样的。以前奏请开马市时，夷狄带兵侵犯边境，倚仗强势要求交易，用瘦弱的劣马向我方索取数倍的利润。并且交易未完，就进行抢劫。所以先帝下令禁止不再实行。现在鞑靼入贡，官方为他们开办市场，让他们和边境人民贸易，为期两至三天，这就像辽国开原事例，又哪里是马市可以相提并论的呢？至于边境的防卫、戒备的谋划，自然是我们长期要进行的事，不能因为夷狄入贡而有减少。我们中国亲生父子、兄弟互相约定都不能保证不违背，何况是夷狄呢？但这并不是说和议有什么错误，相反和议边患的问题还是有其功能的。你看，鞑靼数十年来没有一年不入关侵略抢劫，难道这些边患都是违背盟约才发生的吗？就算将来鞑靼违背盟约，所发生的祸患也不会比不和议时每年的侵边更严重。议论的人只想到没有真刀真枪的战事来立功和夺取鞑靼人的牲畜财产，这种只计较个人私利而不顾国家的人，当然会可惜暂时没了升官发财的机会，所以我认为这些人不只不忠，更是愚昧至极。"不久，张居正在文华殿上奏请皇帝下令实行,又将成祖封和宁、太平、贤义三王的事宜交由本兵办理;依此拟定处理鞑靼问题的八项基本原则交由总督王崇古负责执行。王崇古接获函札,就奏请皇帝同意依照俺答的要求封爵位、进贡交易,皇帝下诏同意。俺答进贡名马三十匹,皇帝封俺答为顺义王,其余封赏各有等级,至今进贡交易依然不绝。

赵全等人伏法处决后,朝廷上下为之大喜,这时张居正对总督巡抚说:"这个时候最好假装没事,不能让俺答得知此消息,否则以此邀功,不但又得一番滥赏,而且会使那些叛国者投靠虏庭之心更加坚定。就让这些叛逆留在北虏之地,他日会有用到他们的时候。不必召他们回来,他们回来也没用。只用不时训诫他们放下兵器,专心务农,为我中国之屏障,勿生反叛之心;若生叛心,我们就传话给顺义王要他抓他们来献功。但是面对北虏使者时,又要告诉他们:'这些人是叛国者,我朝已将他们置之度外,让其耕田种地。如果他们作奸犯科的话,你们可随意处置,不用告知我国。'这样表示出这些人无足轻重。"

第三部　察　智

察智部总序

原文

冯子曰：智非察不明，察非智不精。子思云："文理密察，必属于至圣。"而孔子亦云："察其所安。"是以知察之为用，神矣广矣。善于相人者，犹能以鉴貌辨色，察人之富贵寿贫贱孤夭，况乎因其事而察其心？则人之忠佞贤奸，有不灼然乎？分其目曰"得情"，曰"诘奸"，即以此为照人之镜而已。

冯子曰：语云："察见渊鱼者不祥。"是以圣人贵夜行，游乎人之所不知也。虽然，人知实难，己知何害？目中无照乘摩尼，又何以夜行而不蹶乎？子舆赞舜，明察并举，盖非明不能察，非察不显明；譬之大照当空，容光自领，岂无覆盆，人不憾焉。如察察予好，渊鱼者避之矣。吏治其最显者，得情而天下无冤民，诘奸而天下无戮民，夫是之谓精察。

译文

智慧的运用需要明察事物辅助才能显现出它的效用；而明察不以智慧为基础的话，就不能真正洞悉事物的关键之处。善于看相的人，能从一个人的长相神色，看出一个人的富贵或贫贱、长寿或夭折来。同样的，从一个人的行为处事，也能看清楚他是忠直或奸邪、贤能或愚昧。本部分为"得情"和"诘奸"两卷，可以用来作为照见人心的明镜。

有句话说："看见深渊里的鱼是最大的不吉祥。"因此古往今来的圣人往往深藏不露，不会轻易显示自己的洞见明察。然而，这不能说明明察的智慧是无用并且危险的，而是必须加以善用，尤其是经国务世的大事，如果不能明察事物，又怎能治国安民？身为治民的官吏，更要有明察的智慧。"得情"则天下不再有蒙冤的百姓；"诘奸"则天下不再有狡诈的恶人，这才是对明察智慧的善用。

1. 张楚金

原文

湖州佐史江琛，取刺史裴光书，割取其字，合成文理，诈①为与徐敬业反书，以告。差御史往推之，款云："书是光书，语非光语。"前后三使并不能决，则天令张楚金劾之，仍如前款。楚金忧懑，仰卧西窗，日光穿透，因取反书向日视之，其书乃是补葺而成，因唤州官俱集，索一瓮水，令琛取书投水中，字字解散，琛叩头伏罪。

注释

①诈：假装。

译文

唐朝湖州佐使江琛，取得刺史裴光的信，割取信中的文字，重新组合成文，假称裴光与徐敬业要谋反，而将此事告发。武则天派御史去推断，都回复说："信果真是裴光的笔迹，但词句却并非裴光的文辞。"前后派三个人都不能决断此事。武则天命令张楚金再去调查，可是他还是查不出实情。这天，张楚金正为此事忧虑烦闷，他仰卧在西窗下，日光透过窗子射进来，他偶然拿出信对着阳光看，发现信都是修剪缀补而成的。因此张楚金把州官都请了来，要一瓮水，命令江琛把信投入水中，一会儿信纸果然一字一字地散开，江琛一见立即叩头认罪。

2. 杨评事

原文

湖州赵三与周生友善，约同往南都贸易，赵妻孙不欲夫行，已闹数日矣。及期黎明，赵先登舟，因太早，假寐舟中，舟子张潮利其金，潜移舟僻所沉赵，而复诈为熟睡，周生至，谓赵未来，候之良久，呼潮往促，潮叩赵门，呼"三娘子"。因问："三官何久不来？"孙氏惊曰："彼出门久矣，岂尚未登舟耶？"潮复周，周甚惊异，与孙分路遍寻，三日无踪，周惧累，因具牍呈县。县尹疑孙有他故，害其夫，久之，有杨评事①者阅其牍曰："叩门便叫三娘子，定知房内无夫也。"以此坐潮罪，潮乃服。

注释

①评事：掌管决断刑狱的官。

译文

湖州有个人叫赵三，与周生是很好的朋友，他们约定一同到南都做生意。赵三的妻子孙氏不愿丈夫远行，为此闹了好几天。临到出发当天的清晨，赵三先上船，因为时间还早，便在船中小睡。船夫张潮因为贪图张三的钱，就偷偷将船划到偏僻的地方，将赵三丢入水中淹死，回到岸边后假装睡得很熟。周生来到岸边，看到赵三还没来，等了很久，便叫张潮前去催促，张潮敲赵家大门，直呼三娘子，问赵三怎么这么久不来？孙氏很惊讶地说："他已经出门很久了，难道还没有上船吗？"张潮回来告诉周生，周生觉得很奇怪，就和孙氏分头寻找。找了三天都没见踪迹，周生怕被牵连拖累，便报告了县府，县尹怀疑孙氏有其他原因而害死丈夫，却苦无证据，拖了很久，无法结案。有位杨评事阅览过公文，说道："敲门就叫三娘子，一定知道她的丈夫不在屋里。"因此判断是张潮杀人，张潮这才俯首认罪。

3. 陈 骐

原文

陈骐为江西佥宪。初至,梦一虎带三矢①,登其舟。觉而异之。会按问吉安女子谋杀亲夫事,有疑。初,女子许嫁庠生,女富而夫贫,女家恒周给之。其夫感激,每告其友周彪,彪家亦富,闻其女美,欲求婚而无策,后贫士亲迎时,彪与偕行,谚谓之"伴郎"。途中贫士遇盗杀死,贫士父疑女家嫌其贫,使人故要于路,谋杀其子,意欲他适,不知乃彪所谋,欲得其女也。讼于官,问者按女有奸谋杀夫,骐呼其父问之,但云:"女与人有奸。"而不得其主名。使稳婆验其女,又处子,乃谓其父曰:"汝子交与谁最密?"曰:"周彪。"骐因思曰:"虎带三矢而登舟,非周彪乎?况彪又伴其亲迎,梦为是矣。"越数日,伪移檄吉安,取有学之士修郡志,而彪名在焉,既至,骐设馔②以饮之,酒半,独召彪于后堂,屏左右,引手叹息,阳谓之曰:"人言汝杀贫士而取其妻,吾怜汝有学,且此狱一成,不可复反。汝当吐实。吾救汝。"彪错愕战栗。跪而悉陈,骐录其词。潜令人捕同谋者。一讯而狱成,一郡惊以为神。

注释

①矢:箭。
②馔:食物,多指美食。

译文

陈骐任命到江西做佥宪。最初上任时,曾梦见一只老虎带着三支箭,登上船来,陈骐醒后觉得非常奇怪。后来,一次审问一桩吉安女子谋杀亲夫的案件,觉得可疑之处颇多。原来,起初这女子许配嫁给庠生,由于女家富有而夫家贫穷，女方常常接济夫家，庠生心存感激，也常常将此事告诉朋友周彪。周彪家很富有，早就听说这名女子貌美，想求婚而不能。后来等到庠生迎亲之时，周彪随行当伴郎。途中，庠生遇强盗被杀害，庠父怀疑女家嫌弃自家贫穷，故意派人在半路谋杀了他的儿子，好将女子再改嫁。庠父将状纸告到官府，却不知道这其实是周彪的计谋，目的是想得到该女子。告到官府后，审问的官吏也认为是女子设计谋害亲夫。陈骐便叫女父前来问话，说该女子和别人有奸情，但不知道对方姓名。陈骐又派女役吏检查女子身体，发现仍是处女，就问庠父："你儿子和谁来往最密切？"庠父答说是周彪。陈骐因此想到梦中老虎带三支箭登舟，这不是周彪吗？何况周彪又伴随庠生去迎亲，看来梦中的情形果然是真的。

几天后，陈骐命人假送一份公文到吉安，说要选有学识的人士编修郡志，把周彪的姓名也列在了公文上。大家到齐后，陈骐便设宴款待他们，酒喝到一半，陈骐把周彪单独请到后堂，屏退左右，握着周彪的手叹息，假装说："别人说你杀害庠生，想娶他的妻子，我欣赏你有学问，而且案子一定，就无法平反，你应当老实告诉我，我才能救你呀。"周彪惊惧地发抖，跪着陈述了事情的全部经过，陈骐记录他的供词，又暗中派人捕捉同谋的人。这样一次审问就能定案，令全郡的人都认为非常神奇。

4. 裴子云　赵和

原文

新乡县人王敬戍边，留牸牛六头于舅李进处，养五年，产犊三十头。敬自戍所还，索牛。进云"两头已死"，只还四头老牛，余不肯还。敬忿之，投县陈牒，县令裴子云令送敬付狱，叫追盗牛贼李进，进惶怖至县，叱之曰："贼引汝同盗牛三十头，藏于汝家！"唤贼共对，乃以布衫笼敬头，立南墙之下。进急，乃吐款云："三十头牛总是外甥牸牛所生，实非盗得。"云遣①去布衫，进见，曰："此外甥也。"云曰："若是，即还他牛。"但念五年养牛辛苦，令以数头谢之。一县称快。[一作武阳令张允齐事。]

咸通初，楚州淮阴县东邻之民，以庄券质于西邻，贷得千缗，约来年加子钱赎取。及期，先纳八百缗，约明日偿足方取券，两姓素通家，且止隔信宿，谓必无他，因不征纳缗之籍。明日，赍余镪②至，西邻讳不认，诉于县，县以无证，不直之；复诉于州，亦然。东邻不胜其愤，闻天水赵和令江阴，片言折狱，乃越江而南诉焉，赵宰以县官卑，且非境内，固却之，东邻称冤不已，赵曰："且止吾舍。"思之经宿，曰："得之矣。"召捕贼之干者数辈，赍牒至淮壖口，言："获得截江大盗，供称有同恶某，请械送来。"唐法：唯持刀截江，邻州不得庇护。果擒西邻人至，然自恃农家，实无他迹，应对颇不惧。赵胁以严刑，囚始泣叩不已。赵乃曰："所盗幸多金宝锦彩，非农家物，汝宜籍舍中所有辩之。"因意稍解，且不虞东邻之越讼，遂详开钱谷金帛之数，并疏所自来，而东邻赎契八百缗在焉。赵阅之，笑曰："若果非江寇，何为讳东邻八百缗？"遂出诉邻面质，于是惭惧服罪，押回本土，令吐契而后罚之。

注释

①遣：令，使。
②镪：一贯钱。

译文

唐朝时，新乡人王敬被派往边境戍守边关，留下了六头母牛养在舅舅李进家。五年后，母牛生下三十头小牛。王敬从边境回来，想讨回牛，但是李进说死了两头母牛，只能还他四头老母牛，其余的却不肯归还。王敬很生气，便到县府告状。县令裴子云先以偷牛的罪名命人将王敬监禁，然后派人去抓捕李进，李进很惶恐地来到县府，裴子云责骂李进说："偷牛贼说与你一起偷了三十头牛，都藏在你家。"并叫偷牛贼来对质，他用布衫罩在王敬头上，命他站在南墙下。李进着急地说道："三十头牛都是外甥的母牛生的，确实不是偷来的。"裴子云叫人拿走王敬头上的布衫，李进见了忙说："他就是我的外甥。"裴子云说："那就立即还他牛只。"但念在李进养牛五年的辛苦，命令王敬送还几头牛作答谢。全县的人都叫好。一说是武阳县令张允齐事。

唐懿宗咸通年间，楚州淮阴县东邻的百姓用田契作抵押向西邻借了一千缗钱，并约定第二年加利息赎回。到期后东邻人先还了八百缗钱，约定次日还足后拿回田契，因为他们两姓是世交，而且只隔一夜，认为一定没有问题，因而没有写契据。但是第二天，东邻人将剩余的钱送到后，西邻人却不认账了。于是东邻人就向县府提出控诉，县府认为没有证据，因此判东邻人败诉，东邻人又向州府控诉，但也是同样的结果。东邻人非常愤怒，他们听说天水人赵和任江阴县令，只要一句证词就能决断讼案，于是渡江向南去找他控诉此事。赵和认为自己县令官位低，而且不是自己的管辖地区，一再推辞。但东邻人不停地喊冤，赵和只好说："你暂且留在舍下。"赵和想了一晚上，终于想出办法来。第二天他招来几名捕盗的能手，送公文到淮墙口，说是捉到了江洋大盗，供出有同伙西邻人，请求加铐锁送来。那时唐朝法律规定，江洋大盗这样的恶徒，邻州不能庇护。果然把西邻人抓捕回来，然而西邻人仗着是农家，又没有参与其事，因此应对时毫不惧怕。等到赵和威胁说要动用严刑，西邻人才害怕地不停叩头哭泣。赵和说："你所盗取的幸好都是些金银宝物丝帛之类的物品，不是农家的产物，你将家中所藏的财物拿出来辨认。"西邻人没有多心，根本没想到东邻人会越境诉讼，于是详细开列了钱谷金帛的数目，并注明从哪里得来，然而东邻人赎田契的八百缗钱也写在了里面。赵和看后笑着说："你果然不是江洋大盗，但是为什么要吞没东邻人的八百缗钱呢？"于是，把东邻人传出来对质，西邻人马上惶恐地认罪。等押回淮阴后，命令西邻人拿出田契。然后又处罚了他。

5. 程 颢

原文

程颢为户县主簿，民有借其兄宅以居者，发地中藏钱，兄之子诉曰："父所藏也。"令曰："此无证佐，何以决之？"颢曰："此易辨尔。"问兄之子曰："汝父藏钱几何时矣？"曰："四十年矣。""彼借宅居几何矣？"曰："二十年矣。"即遣吏取钱十千视之，谓借宅者曰："今官所铸钱。不五六年即遍①天下，此钱皆尔未藏前数十年所铸，何也？"其人遂服。

注释

①遍：到处，普遍。

译文

宋朝人程颢任户县主簿时，有个百姓借自己哥哥的房子居住，居住时挖掘到了贮藏在地下的钱。那人哥哥的儿子便控诉说："那是家父所贮藏的。"处理这事的县令说："此事没有证据，怎么判决呢？"程颢说："其实这很容易辨别。"

程颢问哥哥的儿子说："你父亲钱藏多久了？"儿子说："四十年了。"程颢又问："那他借宅第居住有多长时间了？"儿子答说："二十年了。"程颢立即派遣吏役去拿十千钱来查看，然后对借宅的人说："现在官府所铸的钱，不到五六年就可以在天下流行，这些钱都是在你未贮藏前几十年所铸造的，为什么说是你的呢？"此人于是服罪。

6. 杨 武

原文

　　金都御史杨北山公名武，关中康德涵之姊丈也，为淄川令，善用奇。邑①有盗市人稷米者，求之不得。公摄其邻居者数十人，跪之于庭，而漫理他事不问。已忽厉声曰："吾得盗米者矣！"其一人色动良久。复厉声言之，其人愈益色动。公指之曰："第几行第几人是盗米者。"其人遂服。

　　又有盗田园瓜瓠者，是夜大风雨，根蔓俱尽。公疑其仇家也，乃令印取夜盗者足迹，布灰于庭，摄②村中之丁壮者，令履其上，而曰："合其迹者即盗也！"其最后一人辗转有难色，且气促甚。公执而讯之，果仇家而盗者也，瓜瓠宛然在焉。

　　又一行路者，于路旁枕石睡熟，囊中千钱人盗去。公令舁其石于庭，鞭之数十而许人纵观不禁。乃潜使人于门外候之，有窥觇不入者即擒之。果得一人，盗钱者也。闻鞭石事甚奇。不能不来，入则又不敢。求其钱，费十文尔，余以还枕石者。

注释

①邑：人民聚居的地方。
②摄：拘捕。

译文

　　金都御史杨北山，单名一个武字，是关中康德涵的姊夫。在担任淄川的县令时。以善用奇计破案而出名。一次，城中发生米失窃后，并遭人盗卖的事，但官府一直抓不到小偷。于是，杨公下令将失主住处附近的几十名邻居全部带到府衙问话。当这群人被带到官府后，杨公让他们全部跪在庭院中，自己则慢条斯理地处理起其他的公文。过了一会儿，只听杨公厉声说道："我找到那个偷米的人了。"这时，跪在庭下的人群中有一个人神色大变。不久，杨公又重复说道："抓到小偷了。"那人的神色愈来愈惊慌，杨公这才指着他说："第几行第几人就是盗米贼。"那人一听，立即承认了盗米的罪行。

还有一次，发生了一件盗瓜的案子，偷瓜的那晚风雨交加，瓜田中的根叶藤蔓却被人连根拔起。杨公判断这必定为仇家所干，便要手下采集盗瓜者遗留下的脚印，然后在庭中铺上细沙，并让村中的壮丁都在沙上留下脚印比对，说："脚印对上的就是盗瓜贼。"当最后一名壮丁准备留脚印时，此人一直借故推拖并且呼吸急促，杨公厉声质问，果然是因两家有仇怨，他想盗瓜泄恨，盗取的瓜果全部放置在家中。

又有一次，一个路人因赶路劳累便枕着路边的一块大石头睡着了，醒来后，发觉包袱中的一千钱被人盗走。杨公接到报案后，就命人将那块大石头吊起来鞭打，并且让百姓观看。但杨公又暗中派人在官府门口监视，吩咐如果发现有人在门外张望，却不敢入内看个究竟的话，就立即擒下，果然抓到这样一个人，而且就是那个偷钱者。原来他听说县令居然要鞭打石头，觉得好奇，但又因为心虚，不敢进去看个究竟，只好在门外守候。事后让小偷交出所偷的钱，除了已经花掉的十文钱，其余全部还给了失主。

7. 刘宗龟

原文

刘宗龟镇海南。有富商子少年泊舟江岸，见高门一妙姬，殊①不避人。少年挑之曰："黄昏当访宅矣。"姬微哂。是夕，果启扉候之，少年未至，有盗入欲行窃，姬不知，就之。盗谓见执，以刀刺之，遗刀而逸。少年后至，践其血，仆地，扪之，见死者，急出，解维而去。明日，其家迹至江岸，岸上云："夜有某客舡径发。"官差人追到，拷掠备至，具实吐之，唯不招杀人。视其刀，乃屠家物，宗龟下令曰："某日演武，大飨②军士，合境庖丁，集球场以俟。"烹宰既集，又下令曰："今日已晚，可翼日至。"乃各留刀，阴以杀人刀杂其中，换下一口，明日各来请刀，唯一屠者后至，不肯持去，诘之，对曰："此非某刀，乃某人之刀耳。"命擒之，则已窜矣。乃以他死囚代商子，侵夜毙于市。窜者知囚已毙，不一二夕果归，遂擒伏法。商子拟以奸罪，杖背而已。

注释

①殊：副词，很，非常。
②飨：用酒食招待人。

译文

刘宗龟镇守海南时，一日有位年轻的富商子弟将船停靠江岸，抬头看见一大户人家门前站了一位美貌妇人，见了陌生人却毫不害羞，富商子弟挑逗她说："黄昏后到府上拜访你。"那妇人听了不觉脸色微红，当晚她果然半掩着门等候富商子弟来。谁知道富商子弟还没到，小偷却上门来了，刚要行窃，远远看见妇人迎向自己，那妇人以为是富商子弟，不知道来人是小偷。小偷以为行迹败露，怕被治罪，就一刀杀了妇人，留下凶器后便跑了。一会儿，富商子弟依约而来，不料踏到血迹摔倒在地，这才发现妇人已被人杀死，他急忙冲出妇人家，回船离去。

第二天，少女的家人循着血脚印追踪到岸边，岸边百姓告知，昨晚夜半确有一艘客船匆匆离去。差官追捕到富商子弟，经过拷问。富商子弟均据实回答，只是不承认杀人。刘宗龟查看凶器，好像是屠夫所用的刀。于是下令说："某日要举行比武。要犒赏军士，命全县所有屠夫厨师集合，准备到时宰杀牲畜做菜。"到了那日，他又下令说："今日时间已晚，你们明天再来，但是每人所带的屠刀一律留下。"然后又暗中将其中一把屠刀与杀人凶器调换。第二天，屠夫们前来领刀，唯有一名屠夫迟迟不肯领刀，问他是何原故，他答说："这不是我的刀，是某某人的。"刘宗龟立即下令追捕，但那屠夫已经逃走。于是，刘宗龟故意用其他死囚假冒富商子弟之名，将之处决。那逃走的屠夫听说富商子弟已被正法，以为不再有事，所以就回家了，这时刘宗龟才将此人逮捕治罪。富商子弟因为意图不轨仅仅被判鞭刑。

8. 徽商狱

原文

徽富商某，悦一小家妇，欲娶之，厚饵其夫。夫利其金以语妇，妇不从，强而后可。卜夜为具招之。故自匿①，而令妇主觞。商来稍迟，入则妇先被杀，亡其首矣，惊走，不知其由。夫以为商也，讼于郡，商曰："相悦有之，即不从，尚可缓图，何至杀之？"一老人曰："向时叫夜僧，于杀人次夜遂无声，可疑也。"商募人察僧所在，果于傍郡识之，乃以一人着妇衣居林中，候僧过，作妇声呼曰："和尚还我头。"僧惊曰："头在汝宅上三家铺架上。"众出缚②僧，僧知语泄，曰："伺其夜门启，欲入盗，见妇盛装泣床侧，欲淫不可得，杀而携其头出，挂在三家铺架上。"拘上三家人至，曰："有之，当时惧祸，移挂又上数家门首树上。"拘又上数家人至，曰："有之，当日即埋在园中。"遣吏往掘，果得一头，乃有须男子，[边批：天理。]再掘而妇头始出，问："头何从来？"乃十年前斩其仇头，于是二人皆抵死。

注释

①匿：隐藏，躲藏。
②缚：捆绑。

译文

徽州一名富商喜欢上了别人的妻子，想娶她作妾，便用财物收买那女子的丈夫。丈夫禁不住金钱诱惑，要妻子答应富商要求。女子开始不肯，可在丈夫逼迫下同意了。一夜，女子丈夫邀富商来家喝酒，命令妻子在旁侍候，自己借故离去。富商来得比约定的时间晚，进门时发现女子已遭杀害，而且头颅不见了，富商不知怎么回事，惊慌地离去。女子的丈夫认为是富商杀了妻子，于是告到郡府。富商说："我的确喜欢那女子，但即使她不从，也是可以商量的，我何至于杀她呢？"有一位老人说："案发那时曾听见女子大叫和尚，而且第二天邻寺的和尚就不见了，这事非常可疑。"于是，富商找人追查和尚行踪，果然在邻郡发现这名和尚，便让一人穿上妇人衣服等在林中，待和尚经过时，假冒那妇人的声音大叫："和尚还我头来！"和尚惊慌地说："你的头在你家左边第三家的铺架上。"这时，众人一拥而上抓住了和尚。和尚知道泄了口风，只好招认说："那夜我见她家门大开，想进屋偷东西，一进门看见一女子盛装坐在床边哭泣，我想跟她亲热，可她就是不肯，我就杀了她，割下她的头挂在她家左边第三家的铺架上。"

捕役抓来左边第三家的邻居，他说："是有此事，我因为害怕有祸事，就把人头移到再过去几家门口的树上了。"捕役又抓来左边那家的邻居，他说："是有人头，当晚就把它埋在后园中了。"吏卒到园中挖掘，果然挖出一颗人头，但是一名男子的人头。又挖才发现了那女子的头。捕役问："男子头从何而来？"原来是十年前园主所杀仇人的头颅，于是和尚与园主分别被处以死刑。

9. 鲁永清

原文

成都有奸狱，一曰"和奸"，一曰"强奸"，臬长不能决，以属成都守鲁公。公令隶有力者去妇衣，诸衣皆去，独里衣妇以死自持，隶无如之何。公曰："供作和奸，盖妇苟心守贞，衣且不能去，况可犯邪？"

鲁公蕲水人，决狱如流。门外筑屋数椽，锅灶皆备，讼者至，寓居之，一见即决，饭未尝再炊。有"鲁不解担"之谣。

注释

①苟：连词，如果。

译文

成都发生一起奸情，男方说是通奸，女方却说是强奸，双方各执一词，官吏无法决断，于是就让成都太守鲁永清来裁决。鲁公审讯时，命令两名健壮有力的狱卒，当庭脱去女方的衣服，外衣都被脱去了，当脱到贴身内衣时，女方拼死挣扎，让狱卒无法成功。这时，鲁公宣判道："男方所说的通奸成立，因为女方若真的坚守贞洁，内衣尚且不能被两名健壮的狱卒脱去，更何况一名体格不算强健的男子又怎能强奸她呢？"

鲁永清是蕲水人，断案如神，他曾在府宅外盖了几间屋舍，屋里设有简单的炉灶供诉讼人食宿。但是鲁公断案太过神速了，诉讼人往往无须投宿，因此当时百姓们都说，饭不用吃两顿，行李不用从扁担上解下来。

10. 张　骆

原文

　　石晋魏州冠氏县华林僧院，有铁佛长丈余，中心且空，一旦云"铁佛能语"，徒众称赞，闻于乡县，士众云集，施利填委。时高宗镇邺，命衙将尚谦赍香设斋，且验其事。有三传张骆请与偕行，暗与县镇计，遣院僧尽赴道场。骆潜开僧房，见地有穴，引至佛座下。乃令谦立于佛前，骆由穴入佛空身中，厉声俱说僧过，即遣人擒僧。取其魁首数人上闻，戮①之。

注释

①戮：斩，杀。

译文

　　后晋时期，魏州冠氏县的华林僧院中，有一尊高一丈多的铁佛像，但是大家都不知道佛像的内部是空心的。有一天，寺中和尚传说铁佛显灵了，能够开口说话，于是信徒们纷纷前来参礼膜拜。不久铁佛能显灵说话的事传遍了整个县府，因此前来膜拜的信徒更多，而信徒们所布施的金银更是堆积如山。当时，高宗正率军队镇守邺州，也听说了此事，便命令衙将尚谦设香坛斋戒，查证铁佛显灵说话是否是真的。三传人张骆请求与尚谦一起查案，与尚谦商议计策，要寺中所有僧侣赴香坛诵经。张骆则暗中潜入寺僧禅房，见禅房中有一地道通往佛像的座台下，于是要尚谦立在佛前，张骆由地道进入佛像内部的空身中，大声数落和尚们的过错，接着下令逮捕僧人。高宗在接获查案报告后，下令处斩了主谋的僧人。

11. 慕容彦超

原文

慕容彦超为泰宁节度使,好聚敛。在镇常置库质钱,有奸民为伪银以质者,主吏久之乃觉。彦超阴教主吏夜穴库垣,尽徙①金帛于他所,而以盗告。彦超即榜市,使民自言所质以偿,于是民争来言,遂得质伪银者。超不罪,置之深室。使教十余人为之,皆铁为之质而包以银,号"铁胎银"。

得质伪银者,巧矣;教十余人为之,是自为奸也。后周兵围城,超出库中银劳军。军士哗曰:"此铁胎耳!"咸不为用,超遂自杀。此可为小智亡身之戒。

注释

①徙:迁移。

译文

慕容彦超做泰宁节度使时喜好聚敛财物。曾经在官府内设银库供百姓存借银两,赚取高利息。有奸民用伪造的银两质押骗取利息,过了很长一段时间,才被管理银库的吏员发觉。慕容彦超知道后,教主吏趁夜晚在库房墙上凿了一个大洞,偷偷将全部库银搬运到其他地方,然后对外宣称库银遭窃。慕容彦超又在市集张贴告示,要民众自行登记所质押的银两,以便办理清偿。民众见了告示,为保权益争相登记,终于抓到主犯。慕容彦超没有将该奸民治罪,反而把此人留在一处隐密的处所,还挑选十多人跟他学习如何制造伪银。这种伪银是在银心中灌铁,所以又称"铁胎银"。

慕容彦超用计谋诱捕了伪造银两的人，的确很高明。但要十多名手下学习制造伪银的技术来聚敛财物，就不免让人耻笑他是奸邪小人。后周兵围城，慕容彦超为了激励士气，曾开府库取银犒赏士兵，军士们都喧哗说："这是铁胎银！"都不接受，慕容彦超见大势已去，就自杀了。这就是卖弄小聪明却招致杀身之祸的最好警戒。

第四部 胆 智

胆智部总序

原文

冯子曰：凡任天下事，皆胆也；其济，则智也。知水溺，故不陷；知火灼，故不犯。其不入不犯，非无胆也，智也。若自信入水必不陷，入火必不灼，何惮而不入耶？智藏于心，心君而胆臣，君令则臣随。令而不往，与夫不令而横逞者，其君弱。故胆不足则以智炼之，胆有余则以智裁之。智能生胆，胆不能生智。刚之克也，勇之断也，智也。赵思绾尝言"食人胆至千，刚勇无敌。"每杀人，辄取酒吞其胆。夫欲取他人之胆，益己之胆，其不智亦甚矣！必也取他人之智，以益己之智，智益老而胆益壮，则古人中之以"威克"、以"识断"者，若而人，吾师乎！

译文

要肩负天下事，需有足够的勇气；而能否成功胜任，则取决于智慧。知道水会淹死人而不被淹溺，知道火会灼人而不被烧灼，这样躲开淹溺和烧灼，并不是无胆、缺乏勇气，而是一种智慧。如果自信能入水而不被淹溺，近火而不被烧灼，即使赴汤蹈火又有什么不敢的呢？胆智藏于心，胆为臣而智为君，勇气的使用必须服从于智慧的判断。如果智慧的判断认为应当勇往直前却裹足犹豫，这是勇气不足，有待智慧的提高。如果未经智慧判断而逞强蛮干，则是勇气有余而需要用智慧来约束，智慧能生出勇气，勇气却不能增加智慧，所以真正勇敢的人，必定是智慧过人的人。赵思绾曾说生食人胆可以增加勇气，可望成为全天下最勇敢的人，因此每杀死一人，便剖其胆来下酒。这样想以他人之胆来增加自己的勇气，不但不能增加勇气，而且是愚昧缺少智慧的行为。相反，以他人智慧来增加自己的智慧，却是有效而自然的，这样不仅智慧可以得到增加，而且勇气也能自然成长。

本部收集古人胆智的实录，分为"威克"、"识断"两卷，希望读书的人能用古人的智慧增加自己的智慧，并增加勇气。

1. 哥舒翰　李光弼

原文

　　唐哥舒翰为安西节度使，差都兵马使张擢上都奏事，逗留不返，纳贿交结杨国忠。翰适入朝，擢惧，求国忠除擢①御史大夫兼剑南西川节度使，敕下，就第谒翰，翰命部下捽于庭，数其罪，杖杀之，然后奏闻。帝下诏褒奖，仍赐擢尸，更令翰决尸一百。[边批：圣主。]

　　太原节度王承业，军政不修，诏御史崔众交兵于河东，众侮易承业，或裹甲持枪突入承业厅事，玩谑之。李光弼闻之，素不平，至是交众兵于光弼，众以麾下来，光弼出迎，旌旗相接而不避。李光弼怒其无礼，又不即交兵，令收系②之，顷中使至，除众御史中丞，怀其敕，问众所在，光弼曰："众有罪，系之矣。"中使以敕示光弼，光弼曰："今只斩侍御史；若宣制命，即斩中丞；若拜宰相，亦斩宰相。"中使惧，遂寝之而还。翼日，以兵仗围众至碑堂下，斩之。威震三军，命其亲属吊之。

　　或问擢与众诚有罪，然已除西川节度使及御史中丞矣，其如王命何？盖军事尚速，当用兵之际而逗留不返、拥兵不交，皆死法也。二人之除命必皆夤缘得之，而非出天子之意者，故二将得伸其权，而无人议其后耳。然在今日，莫可问矣。

注释

①擢：提拔，选拔。
②系：拴，绑。

译文

　　唐朝名将哥舒翰担任安西节度使时，一次派都兵马使张擢进京奏事。谁想张擢竟久留不归，并且贿赂杨国忠，两人相互勾结。不久，哥舒翰也有事要入京奏报，张擢害怕，就要求杨国忠任命他为御史大夫兼剑南西川节度使。当正式任命的诏命下达后，张擢得意地去见哥舒翰，哥舒翰一见张擢，就立刻拘捕了他，然后陈述他的罪状，再将他乱棍打死。事后，哥舒翰把擅自处死张擢的事奏报了朝廷，玄宗不但没有怪罪他，还下诏褒奖他处理得当，最后把张擢的尸首赐还他，让他亲手鞭尸一百下。

太原节度使王承业治军散漫，因此御史崔众十分轻视王承业，当崔众奉诏到河东敦睦各军时，甚至纵容自己的部下全副武装地闯进王承业的府衙。李光弼知道了这件事，并不感到惊奇。不料崔众的部下竟也闯进他的营帐，由于崔众是打着御史的旗号而来，所以李光弼只有出营相迎。可是崔众却傲慢无礼，连招呼都不打就调头离去。李光弼非常生气，认为崔众仗恃诏命如此傲慢，于是将崔众逮捕问罪。这时，宫中宦官手持敕书来到河东，要任命崔众为御史中丞，问李光弼崔众的行踪。李光弼答道："崔众因为犯法，已被我逮捕治罪。"于是，宦官把敕书拿出来给李光弼看，李光弼看后说："敕书不宣读的话，现在相当于只杀了一位侍御史；如按诏命，那就等于杀了一位御史中丞；若他被任命为宰相，那就等于杀死了一位宰相。"宦官一听不敢再多言，带着敕书回京了。第二天，李光弼派兵包围崔众，将崔众杀死在碑堂下，还让崔众的亲属来祭拜。从此李光弼威权震三军。

有人会问："张擢和崔众确实有罪，但张擢已经被朝廷任命为西川节度使，而崔众也被任命为御史中丞，这时杀死他二人，算不算违背朝廷诏命呢？"其实，用兵讲求贵在神速。张擢有公务在身，竟然长留京师而不归，在军法上就已经犯了死罪；而崔众明知自己的使命是联络各军队的感情，却带着兵到处耀武扬威，这也相当于是违抗君命的死罪。再说这两人会被任命为高位，都是出于人情和贿赂，根本不是皇帝的本意所为。所以，哥舒翰和李光弼为伸张公权杀了他们，而没有人敢在背后议论。如果这些事件发生在今天，我看根本没有人敢做这类事。

2. 柴克宏

原文

南唐柴克宏有将略。其奉命救常州也，枢密李征古忌之，给以羸卒罕数千人，铠杖俱朽蠹者。将至常州，征古复以朱匡业代之，使召克宏，宏曰："吾计日破贼，汝来召吾，必奸人也。"命斩之，使者曰："李枢密所命。"克宏曰："即李枢密来。吾亦斩之。"乃蒙船以幕，匿甲士其中，袭破吴越营。

奸臣在内，若受代而还，安知不又以无功为罪案乎？破敌完城，即忌①口亦无所施矣！

注释

①忌：憎恨。

译文

南唐名将柴克宏善于用谋略。在奉命援救常州时，枢密李征古因为嫉妒他受皇上的器重，只肯拨给他数千名羸弱的兵将，配备的武器也都因时间太久而腐朽了。当柴克宏率军抵达常州后，李征古又想让朱匡业来替代柴克宏的职务，就派使者召柴克宏回京，柴克宏对使者说："破贼指日可待，现在你召我回京，一定是奸人。"于是命人将使者斩首了。使者说："我是奉李枢密的命令前来。"柴克宏说："若是李枢密亲自来，我也会下令处决他。"杀了使者后，柴克宏下令在船外蒙上帐幕，命士兵藏匿在船中，果然一举大败贼兵。

朝中有奸臣，若柴克宏真的受召返京，谁又知道会不会安上无功的罪名呢？现在打败了敌兵保全了城池，即使有人心存嫉妒，也找不到可议论的借口了。

3. 杨 素

原文

杨素攻陈时,使军士三百人守营。军士惮①北军之强,多愿守营。素闻之,即召所留三百人悉斩之,更令简留,无愿留者。又对阵时,先令一二百人赴敌。或不能陷阵而还者,悉斩之。更令二三百人复进,退亦如之。将士股栗,有必死之心,以是战无不克。

素用法似过峻,然以御积惰之兵,非此不能作其气。夫使法严于上,而士知必死,虽置之散地,犹背水矣。

注释

①惮:畏惧,害怕。

译文

隋朝的杨素攻打陈国时,征求三百名自愿留营守卫的士兵。当时因为隋兵对北军心存畏惧,纷纷要求留营守卫。杨素得知后,立即召来那自愿留营的三百人,将他们全部斩首,然后又下令征求下一批留营者,这下再也没有人敢留营了。到对阵作战时,杨素先命令一二百名士兵与敌交战,凡是不能尽力冲锋陷阵而生还的人,一律予以处死,然后又派二三百人再次进攻,退败的同样处死。将士目睹杨素的治军之道,没有不心存恐惧的,人人抱着必死之心,与敌作战哪有不大获全胜的道理。

杨素带兵看似过于严厉苛刻,但对于统领有惰性的士兵,非得用此严法才能振奋士兵。如果带兵的人要求严苛,士兵也深知兵败难逃一死的道理,那么即使在平地作战,也犹如背水一战了。

4. 吕公弼　张咏

原文

公弼，夷简子，其治成都，治尚宽，人嫌其少威断。适有营卒犯法，当杖，抙不受，曰："宁以剑死。"公弼曰："杖者国法，剑者自请。"为杖而后斩之，军府肃然。

张咏在崇阳，一吏自库中出，视其鬓旁下有一钱，诘之，乃库中钱也。咏命杖之，吏勃然曰："一钱何足道，乃杖我耶？尔能杖我，不能斩我也！"咏笔判云："一日一钱，千日千钱，绳锯木断，水滴石穿。"自仗剑下阶斩其首。申府自劾①。崇阳人至今传之。

咏知益州时，尝有小吏忤咏，咏械其颈，吏恚②曰："枷即易，脱即难。"咏曰："脱亦何难？"即就枷斩之，吏俱悚惧。

若无此等胆决，强横小人，何所不至？

贼有杀耕牛逃亡者，公许自首。拘其母，十日不出，释之；再拘其妻，一宿而来。公断曰："拘母十夜，留妻一宿，倚门之望何疏？结发之情何厚？"就市斩之。于是首身者继至，并遣归业。

袁了凡曰："宋世驭守令之宽，每以格外行事，法外杀人。故不肖者或纵其恶，而豪杰亦往往得借以行其志。今守令之权渐消，自笞十至杖百仅得专决，而徒一年以上，必申请待报，往返详驳，经旬累月。于是文案益繁，而狴犴之淹系者亦多矣！"

子犹曰："自雕虫取士，资格困人，原未尝搜豪杰而汰不肖，安得不轻其权乎？吾于是益思汉治之善也！"

注释

①劾：揭发罪状。

②恚：恼怒，发怒。

译文

宋人吕公弼是吕夷简的儿子，他治理成都时，由于处理政务宽松，人们讥讽他为政不够威严果断。一次，一名小兵犯法该打，此人却耍赖说："我宁可被杀，也不愿挨打。"吕公弼说："鞭打你是按国法处治，处死是你自己愿意的。"于是，吕下令先鞭打后斩首，从此以后再也没有人敢说吕公弼无能。

宋人张咏在崇阳做官时，有一次，他看见一名官员自府库中走出，鬓发下夹带一枚钱币，经质问后，官员说钱币是从府库中带出来的。张咏命人鞭打这名官员，官员生气地说："一枚钱币有什么了不起，竟然要鞭打我！谅你也只敢打我，总不能杀我吧？"张咏提笔判道："一天取钱一枚，千日后就已取得千枚，长时间的累积，即使绳索也能锯断木头，滴水也能贯穿石头。"写完，走下台阶持剑斩下了那名官员的头。然后到府衙陈述罪状，崇阳的老百姓至今仍对此事津津乐道。

张咏任益州知府时，有一名小吏冒犯张咏，张咏命人替他戴上刑具，小吏生气地叫道："你给我戴上刑具容易，要我脱下可就难了。"张咏说："我看不出要你脱下有什么难的？"说完就砍下了仍戴着枷锁的小吏的脑袋，其他官吏知道后都很害怕。

若没有这样有胆量而果断的人，强横小人更会无所不为了。

有名贼人在误杀耕牛后畏罪逃跑，张咏允诺贼人若回来自首就不再追究，但贼人却一直不肯露面。于是，张咏拘留那贼人的母亲十天，见贼人仍不愿投案；就释放了他母亲，又再拘留他妻子。仅仅只过了一夜，贼人就来自首。张咏判道："拘留母亲十天不及妻子被捕一夜，为何母养儿之恩如此淡薄，而夫妻结发之情如此浓厚？"于是在市集处斩贼人。其他被判死罪者听说这事，纷纷回来自首。张咏也实践诺言，遣他们返乡务农。

袁了凡曾说："宋朝时官员有很大的权限，因此常能视当时状况，不按律法行事，固然不肖的官员往往会仗权横行，然而廉正的官员却能借权伸张正义。现在，官员权限日益削减，对于犯人只能处以十到一百的鞭打，至于一年以上的徒刑，就必须向上申报，递送公文又得花上数十天，甚至好几个月。于是文书更加繁重，而狱中也就人满为患了。"

我认为，自从八股取士后，选拔官吏受到种种限制，但并没有因此选取英才，淘汰不肖者，所以才会日益削减官吏的权限。见此情形，我更加怀念汉朝盛世的时代了。

5. 黄盖　况钟

原文

黄盖尝为石城长。石城吏特难检御，盖至，为置两掾①，分主诸曹，教曰："令长不德，徒以武功得官，不谙文吏事。今寇未平，多军务，一切文书，悉付两掾，其为检摄诸曹，纠摘谬误。若有奸欺者，终不以鞭朴相加，然后果自负！"教下，初皆怖惧恭职，久之，吏以盖不治文书，颇懈肆。盖微省之，得两掾不法各数事，乃悉召诸掾，出数事诘问之，两掾叩头谢，盖曰："吾业有敕，终不以鞭朴相加，不敢欺也。"竟杀之，诸掾自是股栗，一县肃清。

况钟，字伯律，南昌人，始由小吏擢为郎，以三杨特荐为苏州守。宣庙赐玺书，假便宜。初至郡，提控携文书上，不问当否，便判"可"。吏藐其无能，益滋弊窦。通判赵忱百方凌侮，公惟"唯唯"。既期月，一旦命左右具香烛，呼礼生来，僚属以下毕集，公言，有敕未宣，今日可宣之。内有"僚属不法，径自拿问"之语，于是诸吏皆惊。礼毕，公升堂，召府中胥，声言"某日一事，尔欺我，窃贿若干，然乎？某日亦如之，然乎？"群胥骇②服，公曰："吾不耐多烦。"命裸之，俾隶有力者四人，昇一胥掷空中。立毙六人，陈尸于市。上下股栗，苏人革面。

盖武人，钟小吏，而其作用如此。此可以愧口给之文人，矜庄之大吏矣！

王晋溪云："司衡者，要识拔真才而用之，甲未必优于科，科未必皆优于贡，而甲与科、贡之外，又未必无奇才异能之士。必试之以事，而后可见。如黄福以岁贡，杨士奇以儒士，胡俨以举人，此皆表表名臣也。国初，冯坚以典史而推都御史，王兴宗以直厅而历布政使，唯为官择人，不为人择官，所以能尽一世人才之用耳！"

况守时，府治被火焚，文卷悉烬，遗火者，一吏也。火熄，况守出坐砾场上，呼吏痛杖一百，喝使归舍，亟自草奏，一力归罪已躬，更不以累吏也。初吏自知当死，况守叹曰："此固太守事也，小吏何足当哉！"奏上，罪止罚俸。公之周旋小吏如此，所以威行而无怨。使以今人处此，即自己之罪尚欲推之下人，况肯代人受过乎？公之品，于是不可及矣！

注释

①掾：古代属官的通称。
②骇：马受惊。

译文

黄盖早年时曾当过石城长，而石城的属吏是出了名的难以管束。黄盖到任后，就设置两处长，统领各部门。黄盖召集所有下属说："我处理政务不在行，是因为立了战功而得到这个官职的，所以不懂公文及官场应对，今天贼寇尚未铲平，军务繁重，所以所有文书全部交给两处长处理，并负责监督各部门，纠正举报下属的失误，若有谁敢敷衍欺瞒，虽不致鞭打，但后果自行负责。"命令宣布后，开始各下属还能尽忠职守，时间久了，有些人认为黄盖看不懂公文，就开始放肆起来。黄盖略加注意后，发觉两处各有几件不法情事，于是召集所有下属，举出这些不法情事，两处长吓得叩头认错。黄盖说："我早就有话在先，不打你们，但后果自行负责，没想到你们还是敢欺瞒我。后果是什么呢？今天告诉你们，就是砍头！"说完，下令将两处长斩首，从此下属再也不敢做不法的事。

况钟字伯律，南昌人。最初由一名小吏升为郎官，最后通过杨士奇、杨溥、杨荣的推荐，当上苏州太守，宣宗曾赐他玺书，准他可持玺书变通行事。况钟初到任时，每天带着玺书办公，不论事件对错与否，一律批示"可以"。所以属吏都认为他无能，看轻他，以至于诸弊丛生。当时的通判赵忱，更是对他百般嘲弄。但况钟却仍频频点头称是。况钟到任满一个月后，一天，他要人准备香烛并召来礼官，命全体下属集合，表示太守有事宣布。礼毕后，况钟召来府中书记官记录，然后厉声质问一名属吏："某日发生某事，你背着我曾收受贿款若干，可有此事？某日也是如此，对吗？"群吏不由既怕又服，况钟说："我这个人最没耐性。"说完，命人剥下贪吏衣服，再命四名力士，将此人抛举空中。此次共处死六人，尸首陈列在市集。全州人心大惊，不敢再有不法之事发生。

武将出身的黄盖、小吏出身的况钟，他们的行事作为，足以使只知逞口舌之能的文人羞惭，使身居高位的大员警惕。

王晋溪曾说："居上位的人要能辨识人才而用，文科未必优于武科，中科举未必优于中贡举，而除了科贡取士之外，也未必找不到其他的能人异士。但是否人才，一定要通过验证才能得知。如黄福是岁贡举人，杨士奇是大学士，胡俨是举人，他们都是明朝有名的大臣。明朝初年，冯坚由典吏推举为都御史，王兴宗由直隶厅属吏擢升为布政使，他们都是依官职来择取适当的人才，而不是依人情来分派官职，所以才能人尽其才。"

况钟任太守时，府衙遭火灾，所有文卷被烧毁，纵火者是一名小吏，火势扑灭后，况钟坐在瓦砾堆中，命人痛打那名小吏一百鞭，然后喝令小吏回家去。小吏离去后，况钟就急忙拟表上奏，一力承担火灾的过失，对那名纵火的小吏却只字未提，那名小吏还料想自己肯定必死无疑。况钟曾叹气地说："这本是太守该负的责任，一名小吏如何能承担呢？"奏表呈上后，皇帝只下令裁减俸禄，况公对待一名小吏尚且如此，所以即使行事威严，却从未招致民怨，如果换成现在的人，即使是自己的过失，尚且还想推诿给别人，更何况是替人受过呢！况公的人品真是非普通人能及。

6. 宗　泽

原文

金寇犯阙，銮舆南幸。贼退，以宗公汝霖尹开封。初至，而物价腾贵，至有十倍于前者。郡人病之，公渭参佐曰："此易事，自都人率以饮食为先，当治其所先，缓者不忧于平也。"密使人问米麦之值，且市之。计其值，与前此太平时初无甚增，乃呼庖人取面，令作市肆笼饼大小为之，乃取糯米一斛①，令监军使臣如市酤酝酒，各估其值，而笼饼枚六钱，酒每瓠七十足，出勘市价。则饼二十，酒二百也。公先呼作坊饼师至，讽之曰："自我为举子时来京师，今三十年矣，笼饼枚七钱，而今二十，何也？岂麦价高倍乎？"饼师曰："自都城经乱以来，米麦起落，初无定价，因袭至此，某不能违众独减，使贱市也。"公即出兵厨所作饼示之，且语之曰："此饼与汝所市重轻一等，而我以目下市直，会计薪面工值之费，枚止六钱，若市八钱，则有二钱之息，今为将出令，止作八钱，敢擅增此价而市者，罪应处斩，且借汝头以行吾令也。"[边批：出令足矣，斩之效曹瞒故智，毋乃太甚？]即斩以徇，明日饼价仍旧，亦无敢闭肆者。次日呼官沽任修武至，讯之曰："今都城糯米价不增，而酒值三倍，何也？"任恐悚以对曰："某等开张承业，欲罢不能，而都城自遭寇以来，外居宗室及权贵亲属私酿甚多，不如是无以输纳官曲之值与工役油烛之费也。"公曰："我为汝尽禁私酿，汝减值百钱，亦有利入乎？"任叩额曰："若尔，则饮者俱集，多中取息，足办输役之费。"公熟视久之，曰："且寄汝头颈上，出率汝曹即换招榜，一瓠止作百钱，是不患乎私酝之搀夺也！明日出令：'敢有私造曲酒者，捕至不问多寡，并行处斩。'"于是倾糟破瓠者不胜其数。数日之间，酒与饼值既并复旧，其他物价不令而次第自减，既不伤市人，而商旅四集，兵民欢呼。称为神明之政。时杜充守北京，号"南宗北杜"云。

借饼师头虽似惨,然禁私酿,平物价,所以令出推行全不费力者,皆在于此。亦所谓权以济难者乎?

当湖冯汝弼《祐山杂记》云:"甲辰凶荒之后,邑人行乞者什之三,逋负者什之九。明年,本府赵通判临县催征,命选竹板重七斤、梠长三寸者,邑人大恐,或诳行乞者曰:'赵公领府库银三千两来赈济,汝何不往?'行乞者更相传播,须臾数百人相率诣赵。赵不容入,则叫号跳跃,一拥而进,逋负者随之,逐隶人,毁刑具,呼声震动。赵惶惧莫知所措。余与上莘辈闻变趋入,赵意稍安,延入后堂。则击门排闼②,势益猖獗。问欲何为,行乞者曰:'求赈济。'逋负者曰:'求免征。'赵问为首者姓名,余曰:'勿问也,知其姓名,彼虑后祸,祸反不测,姑顺之耳。'于是出免征牌,及县备豆饼数百以进,未及门辄抢去,行乞者率不得食。抵暮,余辈出,则号呼愈甚,突入后堂矣!赵虑有他变,逾墙宵遁。自是民颇骄纵无忌。又二月,太守郭平川应奎推为首者数人于法,即惕然相戒,莫敢复犯矣。向使赵不严刑,未必致变;郭不正法,何由弭乱?宽严操纵,唯识时务者知之。"

注释

①斛:量词,一斛为十斗。
②闼:门。

译文

宋朝时,金人进犯京师,皇帝逃到南方。金人退兵后,宗泽奉命任开封府尹。初到时,开封物价暴涨,价钱几乎是以前的十倍,百姓叫苦不迭。宗泽对下属说:"要平定物价并非难事,应先从日常饮食开始,等民生价格平稳后,其他的物价还怕不能回落吗?"

他暗中派人到市集购买米面,发现分量和价格与太平时相差无几。于是召来府中厨役,命他制作市售的各种大小尺寸的糕饼,另外取来一斛糯米,再命人到市集购买一斛糯米所能酿成的酒,结果发现,府中做每块糕饼的成本是六钱,每瓿酒的成本是七十钱,但一般市价却要糕饼二十钱、酒二百钱。宗泽首先召来制饼的师傅,质问他:"从我中举人入京,到今天已经三十年了。当初每块糕饼七钱,现在却涨到二十钱。这是什么原因,难道是谷价涨了好几倍吗?"糕饼师傅说:"虽然京师遭逢战火,米麦的涨跌并没有大变,但糕饼价却一直高居不下,我也不能扰乱行规,独自降价。"宗泽命人拿出厨役所做的糕饼,对糕饼师傅说:"这饼和你所卖饼的重量相同,我以现今成本加上工钱重新计算后,每块糕饼的成本是六钱,如果卖八钱,那么就有二钱的利润,因此从今天开始我下令,每块糕饼只能卖八钱,敢擅自加价者就判死罪,现在请借我你项上人头来执行我的命令。"说完下令将糕饼师傅处斩。第二天,饼价回复旧价,也没有任何一家商户敢罢市。

又隔一天,宗泽召来掌官酒买卖的任修武,对他说:"现在京师糯米价格并没有涨,但酒价却涨了三倍,是什么原因呀?"任修武惶恐地回答:"自从京师遭金人入侵后,皇室及一般民间酿私酒的情形猖獗,不加价无法缴纳官税及支付工人工资等费用。"宗泽说:"如果我帮你取缔私酒,而你减价一百钱,是否还有利润呢?"任修武叩头说:"如果真能取缔私酒,那么民众都会买我的酒,薄利多销,应该可以支付税款及其他开销。"宗泽审视他许久后说:"你的脑袋暂且放在你脖子上,赶紧带着你的手下,张贴公告酒价减一百钱,你担心的私酒猖獗就不会再危害你了。"第二天,宗泽贴出告示:凡敢私自酿酒者,一经查获,不论数量多寡,一律处斩。于是酿私酒者纷纷自动捣毁酒器。

短短几天之内,饼与酒都恢复旧价,其他的物价也纷纷下跌,既不干扰市场交易,又能吸引各地商人云集,百姓不禁推崇宗泽为"神明之政"。当时杜充守北京,人又称"南宗北杜"。

宗泽砍糕饼师傅人头的做法,虽然看来残忍,但为日后禁酿私酒、平稳物价起到了作用。这也正是所谓的"权以济难"。

当湖人冯汝弼在《祐山杂记》中记载:甲辰荒年过后,城中十人中就有三人靠乞讨度日,而无力缴税租者更高达九成。府城赵通判到县城催讨租税,城中百姓大为惊慌。有人故意传播谣言说:"赵公从府库中领取了三千两纹银,用来赈济县城百姓,我们何不赶快去赵府领救济呀?"乞丐们口耳相传,不一会儿,就有好几百人相继前往赵的住处。赵命人驱赶群众,气丐们大声叫跳,一拥而上,而欠税者也随之跟进,殴打属隶、毁坏公物,喊声震天。赵心惊胆战,不知如何是好。我与赵上莘听说有暴动就急忙入城,赵这才稍感安心,请我们入后堂。而聚集的群众却不停地拍击大门,声势更加壮大。问他们目的,乞丐说:"要求救济!"欠税者说:"要求免税。"赵问他们带头者的姓名,我劝赵不要追问:"知道带领者的姓名,万一带头者会顾虑官府日后追究为自己带来灾祸,现在不如暂时答应他们的要求。"于是,赵命人贴出免税的告示,并且准备了数百枚豆饼。豆饼才运到门口,就被民众一抢而空,但大部分的乞丐仍然得不到食物。近傍晚时,群众的吼叫声愈来愈大,最后突破防卫闯入后堂。赵怕引起其他变故,趁夜翻墙逃逸,因此暴民益发骄纵,难以约束。

两个月后,太守郭平川将为首的暴民处决后,其他暴民不敢再任意滋事。当初如果赵用严刑镇压,或许不致产生暴动;而郭平川不将为首的暴民正法,暴乱就没有平息的一天。如何能真正掌握宽严间的尺度,只有深识时务者才能体会。

7. 张咏　柳仲途

原文

张咏少学剑，客长安旅次，闻邻家夜哭。叩其故，此人游宦远郡，尝私用官钱，为仆夫所持，强要其长女为妻。咏明日至其门，阳假仆往探一亲。仆迟迟，强之而去。导马出城，至林麓中，即疏其罪。仆仓惶间，咏以袖椎挥之，坠崖而死。归曰："盛价已不复来矣，速归汝乡，后当谨于事也。"

柳仲途赴举时，宿驿中，夜闻妇人哭声，乃临淮令之女。令在任贪墨，委一仆主献纳，及代还，为仆所持，逼娶其女。柳访知之，明日谒令，假①此仆一日。仆至柳室，即令往市酒果。夜阑②，呼仆叱问，即奋匕首杀而烹之。翌日，召令及同舍饮，云"共食卫肉"。饮散亟行，令追谢，问仆安在，曰："适共食者是也。"

亦智亦侠，绝似《水浒传》中奇事。

张咏未第时，尝游荡阴，县令馈与束帛万钱，咏即负之而归。或谓此去遇夜，坡泽深奥，人烟疏阔，可俟徒伴偕行。咏曰："秋暮矣，亲老未授衣。"但捽一短剑去。行三十余里，止一孤店，唯一翁洎二子，夜始分，其子呼曰："鸡已鸣，秀才可去矣。"咏不答，即推户，咏先以床拒左扉，以手拒右扉，其子既呼不应，即排闼。咏忽退立，其子闪身入，咏摘其首毙之，少时，次子又至，如前，复杀之，咏持剑视翁，翁方燎火爬痒，复断其首，老幼数人，并命于室，乃纵火，行二十余里，始晓，后来者相告曰："前店失火，举家被焚也。"事亦奇，因附之。

注释

①假：借。

②阑：残尽。

译文

宋人张咏年轻时，曾拜陈希夷为师学习剑术。客居长安时，有天夜里听见隔壁有人哭，不由心生好奇，叩门询问原因。原来隔邻的主人是一名派往异乡任官的官员，因曾私自挪用公款被手下仆役发觉，自此一直受恶仆要挟，甚至要强娶他女儿为妻。张咏知道事情真相后，第二天故意来到官员家拜访，假装要借一名仆役陪他探访亲戚，几经催促，那恶仆才勉强随张咏上路。两人骑马出城后，经过一处山崖时，张咏数落恶仆的罪状，趁恶仆震惊分神之时，抽出袖中木棍朝恶仆挥去，恶仆当场坠崖而死。张咏回城后对那官员说："你因贪污所付的代价已经够了，赶紧辞官回家乡去吧，以后做人行事要谨慎小心。"

柳仲途赴京考举人时，夜宿驿站，一晚听见有妇人啼哭，原来啼哭的女子是临淮令的女儿。临淮令在任期内，因酷爱前人遗墨，曾命人献墨，因而被手下仆役要胁，现在竟要强娶他女儿。柳仲途问明原因后，第二天就去拜访临淮令，并故意恳请借一名仆役。仆役来到柳仲途的住所，柳仲途命仆役到市集买来酒菜蔬果，半夜时分叫来那恶仆，大声数落他的罪状，说完掷出匕首，将恶仆杀死并且煮成肉汤。第二天，邀请临淮令前来饮酒吃菜，等酒宴结束后，临淮令一再向柳仲途道谢，并询问仆人下落，柳仲途这才说："刚才我们所吃的，就是那恶仆啊！"

这两则诛杀恶仆的情节，充满了智慧侠情，很像《水浒传》中的传奇故事。

张咏在未中举人前，有次曾游历雁荡山，县令送他一束布帛及一万钱，张咏把布帛钱财背在身上准备返乡。有人劝张咏，天色已晚，加上路险坡滑，人烟稀少，不如等有伴同行时再上路。张咏说："现在已经是深秋了，我衣裳单薄，还是立即起程的好。"于是张咏带着短剑，背上行囊就出发了。走了三十多里路，来到一家小店，店中住着一个老头和他的两个儿子。半夜，张咏听到老头的大儿子大叫说："鸡在叫了，秀才你可以到阴间去了。"张咏没有答话，用床挡住左边那扇门，再用手堵住右边的门，大儿子见张咏不答话，就用力推门。这时张咏突然把身子松开，大儿子没站稳摔进屋内，张咏一刀就砍下他脑袋；一会儿，老头的小儿子又来了，张咏也像这般杀了他；然后张咏拿着剑走到大厅，只见老头正一边升火一边抓痒，于是张咏也一剑将老头杀了。张咏连杀三人后，便放火烧了这客店，再走了二十多里路，这时天才刚亮。后来，路过此地的人对张咏说："前面有家客栈失火，一家三口全被烧死。"也算是奇事一桩，所以我附记在这里。

8. 吕 端

原文

太宗大渐①,内侍王继恩忌太子英明,阴与参知政事李昌龄等谋立楚王元佐。端问疾禁中,见太子不在旁,疑有变,乃以笏书"大渐"二字,令亲密吏趣太子入侍。太宗崩,李皇后命继恩召端,端知有变,即绐继恩,使入书阁检太宗先赐墨诏,遂缧之而入,皇后曰:"宫车已晏驾,立子以长,顺也。"端曰:"先帝立太子,正为今日。今始弃天下,岂可遽违命有异议耶。"乃奉太子。真宗既立,垂帘引见群臣。端平立殿下,不拜,请卷帘升殿审视,然后降阶,率群臣拜呼"万岁"。

不糊涂,是识;必不肯糊涂过去,是断。

注释

①大渐:病危。

译文

宋太宗病势日益加重,内侍王继恩忌怕太子英明,便暗中勾结参知政事李昌龄等人,想扶立楚王元佐为太子。吕端进宫探望太宗,见太子不在皇上寝宫,怕有人借机生变,就在手板上写"病危"二字,命亲信传给太子,要太子进宫服侍太宗。太宗驾崩,李皇后命王继恩召吕端入宫,吕端知道一定有变故发生,就骗王继恩进御书房,说要检视先皇遗墨诏命等物件,将王继恩反锁在御书房,这才入内宫。

李皇后见到吕端,便对他说:"先皇已驾崩,立长子为帝才合于礼制。"吕端答:"先帝曾预立太子,为的就是在先皇驾崩之后,太子能顺利继位。今天先皇才崩逝,就突然违抗先皇遗命,我怕会引起其他大臣的非议。"于是奉太子为帝，即宋真宗。真宗登基后，垂帘接见各位大臣。吕端直着身体不叩拜，请真宗卷起帘幕，然后登上殿阶仔细端详，看清确是真宗本人，这才走下殿阶，率百官高呼万岁。

平日不糊涂，是识；遇大事不糊涂，是断。

9. 种世衡

原文

种世衡既城宽州,苦无泉。凿地百五十尺,见石,工徒拱手曰:"是不可井矣!"世衡曰:"过石而下,将无泉邪?尔其屑而出之,凡一畚,偿尔一金!"复致力,过石数重,泉果沛①然,朝廷因署为清涧城。

注释

①沛:水奔流的样子。

译文

宋人种世衡要在宽州修筑一座城,但因为找不到水源而发愁。凿地深达一百五十尺仍然只见石块,工人们一个个都摇头拱手说:"这地方不可能掘出泉水来。"种世衡说:"穿过这层石块,如果再挖不到泉水,你每挖一畚箕泥沙,我就赔你一锭金子。"工人们一听,都精神抖擞,奋力挖掘,果然越过石层不多深处,泉水源源涌出,朝廷因此将这座城命名为"清涧城"。

10. 高 洋

原文

高洋①内明而外晦。众莫知也，独欢异之。曰："此儿识虑过②吾。"时欢欲观诸子意识，使各治乱丝。洋独持刀斩之，曰："乱者必斩。"

注释

①高洋：即北齐文宣帝，高欢次子，字子进。
②过：胜过，超越。

译文

高洋没有即位前，在一般大臣的眼中，不是一个特别有才干的人，其实高洋是深藏不露，只有高欢看出高洋与其他儿子们不同。他曾说："此儿的智慧思虑更在我之上。"有一次高欢为测试儿子们对事物的应变能力，就交给每个儿子一把乱丝，要他们整理。当其他儿子正低头整理乱丝时，只有高洋拿起刀斩断乱丝，说："乱了就斩断它。"

第五部 术 智

术智部总序

原文

冯子曰：智者，术所以生也；术者，智所以转也。不智而言术，如傀儡百变，徒资嘻笑，而无益于事。无术而言智，如御人舟子，自炫执辔如组，运楫如风，原隰关津，若在其掌，一遇羊肠太行、危滩骇浪，辄束手而呼天，其不至颠且覆者几希矣。蠖之缩也，蛰之伏也，麝之决脐也，蚺之示创也，术也。物智其然，而况人乎？李耳化胡，禹入裸国而解衣，孔尼猎较，散宜生行贿，仲雍断发文身，裸以为饰，不知者曰："圣贤之智，有时而殚。"知者曰："圣贤之术，无时而窘。"婉而不遂，谓之"委蛇"；匿而不章，谓之"谬数"；诡而不失，谓之"权奇"。不婉者，物将格之；不匿者，物将倾之；不诡者，物将厄之。呜呼！术神矣！智止矣！

注释

真正的方法是在智慧中而生的；只有通过适当的方法，智慧才能发挥无比的功用。没有智慧而只强调方法，不仅于事无益，只是一场闹剧罢了。只有智慧而没有方法，则像驾车行船的人，在广阔的原野或海洋，一切好像得心应手，然而一遇大风大浪或羊肠小道，就会束手无策。尺蠖的缩身，蜂用刺刺人，麝的肚脐喷香，蟒蛇的蜕皮再生，都是动物生存的方法。动物有这些本能。何况人呢？

相传老子出关，化为胡人；仲雍南入蛮夷，断发文身。无知的人以为这是圣人的智慧也有行不通的时候；但智慧的人都能了解，圣人做这些权变的方法，无不来自真正的智慧。有时婉转而不直行，称之为"委蛇"；有时暂时隐匿不显，称之为"谬数"；有时诡谲而不失原则，称之为"权奇"。若不懂婉转，不懂隐匿，不懂诡谲，将会被环伺在外的灾祸加害。智慧的人，怎可不知运用智慧的方法呢？

1. 王 曾

原文

丁晋公执政，不许同列留身奏事，唯王文正①一切委顺，未尝忤其意。一日，文正谓丁曰："曾无子，欲以弟之子为后，欲面求恩泽，又不敢留身②。"丁曰："如公不妨。"文正因独对，进文字一卷，具道丁事，丁去数步，大悔之。不数日，丁遂有珠崖之行。

王曾独委顺丁谓，而卒以出谓，蔡京首奉行司马光，而竟以叛光，一则君子之苦心，一则小人之狡态。

注释

①王文正：即王曾，字孝先，仁宗时官中书侍郎同中书门下平章事，卒谥文正。

②留身：退朝后单独留下。

译文

宋朝人丁谓当权时，不准许朝廷大臣在百官退朝后单独留下奏事。大臣中只有王文正谨守规定，从不违逆。有一天上朝前，王曾对丁谓说："我没有儿子，想收弟弟的儿子为后嗣，我有意面奏皇上恩准，但又不敢单独留下奏禀。"丁谓说："像你这样的人，留下禀奏没有关系。"于是，王曾借呈文卷给仁宗时，就将丁谓的这种行为告诉了仁宗。丁谓在退朝后，愈想愈觉得不对，不禁后悔起来。果然没几天他就接获诏命，被贬往崖州。

大臣中只有王曾对丁谓顺从，最后终于伺机将丁谓贬至崖州。反观蔡京最初对司马光尊崇万分，最后却背叛司马光。看起来手法相同，但一个是君子，用心良苦；一个却是小人，心机狡诈。

2. 杨一清

原文

杨文襄一清，与内臣张永同提兵讨安化王①，杨在军中语及逆瑾事。因以危言动永，[边批：可惜其言不传。]即于袖中出二疏，一言平贼事，一言内变事，嘱永曰："公班师入京见上。先进宁夏疏，上必就公问，公诡言请屏人语，乃进内变疏。"永曰："即不济，奈何？"公曰："他人言，济不济未可知，公言必济。顾公言时，须有端绪，万一不信公，公可顿首请上即时召瑾，没其兵器，劝上登城验之：'若无反状，杀奴喂狗。'又顿首哭泣，上必大怒瑾。瑾诛，公大用，尽矫其所为。吕强②、张承业③，与公千载三人耳。但须得请即行事，勿缓顷刻。"永勃然作曰："老奴何惜余年报主乎？"已而永入见，如公策。事果济。瑾初缚时，得旨降南京奉御，瑾上白帖，乞一二敝衣盖体，上怜之，令与故衣百件。永惧，谋之内阁，令科道劾瑾，劾中多波及阿瑾诸臣。永持疏至左顺门，谓诸言官曰："瑾用事时，我辈亦不敢言，况尔两班官；今罪止瑾一人，勿动摇人情也！可领此疏去，急易疏进。"此疏入，瑾遂正法，止连及文臣张綵一人、武臣杨玉等六人而已。

除瑾除彬，多借张永之力。若全仗外庭，断不济事！永不欲旁及多人，更有识见，然非杨文襄智出永上，永亦不为之用。吁！此文襄所以称"智囊"也！

注释

①安化王：朱寘鐇，袭封安化王。正德年间以诛刘瑾为名举兵谋反，后为仇钺所缚，押送京师赐死。

②吕强：后汉人，字汉盛，年轻时以宦官任官小黄门。灵帝时按例

策封宦官，吕强推辞不接受。黄巾贼起，吕强奏请先诛皇上左右通贼者，后为赵悻等人陷害，自杀而死。

③张承业：后唐人，字继元，唐僖宗时宦臣，庄王即帝位时曾力谏不可，后绝食而死，谥正宪。

译文

明武宗时，杨一清与宦官张永在军中共事，杨一清曾与张永谈到阉臣刘瑾，分析其中利害，劝说张永举发刘瑾。接着从衣袖中取出两道奏疏，一道陈述平定安化王谋反的战略，另一道则是分析刘瑾有专权谋逆的意图。最后，杨一清叮嘱张永说："您率军回京谒见皇上时，先呈平定安化王的奏章，皇上一定会再进一步详细询问，这时您趁机要求皇上摒退左右，再进皇朝中暗埋内乱的奏章。"张永说："万一这招不管用，又该怎么办呢？"杨一清说："如果是旁人，我不敢断言是否管用，但如果是您，只要论事时能有条有理，一定管用。万一皇上不相信您所说的话，您就叩头请皇上立即召刘瑾，下令先没收刘瑾兵器，劝请皇上亲自查验，扬言如果找不到刘瑾谋反的证据，愿意拼上自己这条命，拿去喂狗。接着再一面痛哭一面连连叩头，这时皇上对刘瑾一定大为生气。刘瑾被诛。您一定受皇上重用，可以尽全力矫正以往朝政的缺失，那么吕强、张承业与您可说是千年来的三大忠臣。但这事要赶紧进行，不能稍有拖延。"

张永慷慨地说："我一把年纪为朝廷尽忠，是为求日后的回报吗？"不久，张永回京谒见皇上，事态发展一如杨一清所计划。刘瑾被收押后，奉圣旨被降为南京奉御。刘瑾上奏自承罪状，乞求武宗赐一两件旧衣蔽体。武宗不忍，下令赐百件旧衣，张永见武宗仍怜惜刘瑾，恐日后生变，与内阁中的好友商议，让都察院弹劾刘瑾。然而都察院弹劾的奏章中，牵连到许多阿附刘瑾的大臣，张永立即拿着奏章来到都察院，说："刘瑾专权时，连我都不敢挺身直言，更何况是其他官员呢？今天朝政败坏全是刘瑾一人的过错，不要再波及他人，动摇人心，请立即收回这道奏章，另呈一道。"当奏疏呈上后，刘瑾果被正法，受牵连的只有文臣张綵一人，武将杨玉等六人而已。

能除去阉宦刘瑾江彬，很大程度上靠了张永的力量。如果依赖外臣，肯定不会成功，而张永不愿牵连太多大臣，更是有远见的做法。然而若不是杨一清的智略比张永更胜一筹，张永也不会被杨一清所说动。难怪杨一清有"智囊"之名！

3. 廉 范

原文

廉范，字叔度。永平初，陇西太守邓融辟范为功曹①。会融为州所举案，范知事遣难解，欲以权相济，乃托病求去。融不达其意，大恨之。范乃东至洛阳，变姓名求代迁尉狱卒。未几，融果征下狱。范遂得卫侍左右，尽心护视。融怪其貌类范，而殊不意，乃谓曰："卿何似我故功曹？"范诃之曰："君困厄，瞀乱耶？"后融释系出，病因，范随养视；及死，送丧至南阳，葬毕而去，终不言姓名。一辟之感，屈身求济。士之于知己，甚矣哉！

注释

①功曹：州郡属吏。

译文

廉范字叔度。北魏永平初年，陇西太守郑融曾保举廉范为功曹。不久，郑融受其他事牵连，遭人举报，廉范知道此事复杂，想尽力帮助他，于是托病离职。郑融不明白廉范心中的打算，对廉范的辞官非常不高兴。廉范往东走来到洛阳，改名换姓后，求得一个狱卒的差使。郑融果然被捕下狱，廉范利用职务上的便利，尽心照顾郑融。郑融虽曾因这狱卒长得像廉范而觉得奇怪，但从未想过狱卒就是廉范。有一天郑融对廉范说："你怎么长得这么像我以前手下的一名下属啊？"廉范故作生气地大声说："你是坐牢坐得老眼昏花了吗？"后来，郑融被释出狱，又遭病痛缠身，廉范随侧照顾，到郑融死后，廉范将他遗体送回南阳安葬后才离去。但一直到郑融死，廉范始终没有说出自己是谁。因感激郑融的保举之恩，廉范竟改名换姓，甘做一名狱卒尽心照顾郑融，一直到他去世。士人所报的知遇之恩，真是无与伦比！

4. 王翦 萧何

原文

秦伐楚，使王翦①将兵六十万人，始皇自送至灞上。王翦行，请美田宅园地甚众，始皇曰："将军行矣，何忧贫乎？"王翦曰："为大王将，有功终不得封侯；故及大王之向臣，臣亦及时以请园地，为子孙业耳。"始皇大笑。王翦既至关，使使还请善田者五辈，或曰："将军之乞贷亦已甚矣！"王翦曰："不然，夫秦王怛中粗而不信人，今空秦国甲士而专委于我，我不多请田宅为子孙业以自坚，顾令秦王坐而疑我耶？"

汉高专任萧何关中事。汉三年，与项羽相距京、索间。上数使使劳苦丞相，鲍生谓何曰："今王暴衣露盖，数劳苦君者，有疑君心也，[边批：晁错使天子将兵而居守，所以招祸。]为君计，莫若遣君子孙昆弟能胜兵者，悉诣军所。"于是何从其计，汉王大悦。

吕后用萧何计诛韩信，上已闻诛信，使使拜何为相国，益封五千户，令卒五百人，一都尉为相国卫。诸君皆贺，陈平独吊。曰："祸自此始矣！上暴露于外，而君守于内，非被矢石之难，而益封君置卫，非以宠君也，以今者淮阴新反，有疑君心，愿君让封勿受，悉以家财佐军。"何从之，上悦。

其秋黥布反，上自将击之。数使使问相国何为，曰："为上在军，拊循勉百姓，悉取所有佐军，如陈豨②时。"客又说何曰："君灭族不久矣！夫君位为相国，功第一，不可复加。然君初入关中，得百姓心十余年矣，尚复孳孳得民和，上所为数问君，畏君倾动关中，今君胡不多买田地，贱赊贷以自污。[边批：王翦之智。]上心必安。于是何从其计。上还，百姓遮道诉相国，上乃大悦。

汉史又言，何买田宅必居穷僻处，不治垣屋，曰："令后世贤，师吾俭；不贤，无为势家所夺。"与前所云强买民田宅似属两截。不知前乃免祸之权，后乃保家之策，其智政不相妨也。

宋赵韩王普强买人第宅，聚敛财贿，为御史中丞雷德骧所劾。韩世忠既罢，杜门绝客，口不言兵，时跨驴携酒，从一二奚童，纵游西湖以自乐。尝议买新淦县官田，高宗闻之，甚喜，赐御札，号其庄曰："旌忠"。

二公之买田，亦此意也。夫人主不能推肝胆以与豪杰共，至令有功之人，不惜自污以祈幸免。三代交泰之风荡如矣！

然降而今日，大臣无论有功无功，无不多买田宅自污者，彼又持何说耶？

陈平当吕氏异议之际，日饮醇酒，弄妇人；裴度当宦官熏灼之际，退居绿野，把酒赋诗，不问人间事。古人明哲保身之术，例如此，皆所以绝其疑也。

国初，御史袁凯以忤旨引风疾归。太祖使人觇之。见凯方匍匐往篱下食猪犬矢，还报，乃免。盖凯逆知有此，使家人以炒面搅沙糖，从竹筒出之，潜布篱下耳，凯亦智矣哉！

注释

①王翦：战国名将，曾为秦始皇平赵、燕、蓟等地。

②陈豨：汉朝人，高祖时以郎中封阳夏侯，后自称代王，被诛。

译文

秦始皇派王翦率六十万大军伐楚，出征日始皇亲自到灞上送行。临行前，王翦请求始皇赏赐大量的田宅。秦始皇说："将军即将出征，为什么还要担忧生活呢？"王翦说："臣身为大王的将军，立下汗马功劳，却始终无法封侯，所以趁大王委派臣重任时，请大王赏赐田宅，为子孙日后生活着想。"秦始皇听了不由放声大笑。王翦率军抵达关口后，又曾五次遣使者向始皇要求封赏。有人劝王翦说："将军要求封赏的举动，似乎有些过分了。"王翦说："你错了。大王疑心病重，用人不专，现在将秦国所有的兵力委交给我，我如果不用为子孙求日后生活保障为借口，多次向大王请赐田宅，难道要大王坐在宫中对我生疑吗？"

汉高祖三年，萧何镇守关中，汉王与项羽在京、索一带相持不下。这期间，汉王屡次派使者慰问镇守关中的宰相萧何。鲍生于是对萧何说："在战场上备尝野战之苦的君主，会屡次派使者慰劳属臣，是因为君王对属臣心存疑虑。为今之计，丞相最好选派善战的子弟兵，亲自率领他们到前线和君主一起并肩作战，这么一来，君主才能消除心中疑虑，信任丞相。"萧何采纳鲍生的建议，从此汉王对萧何非常满意。

汉高祖十一年，淮阴侯韩信在关中谋反，吕后用萧何的计谋诛灭韩信。高祖知道淮阴侯被杀，就派使臣任命萧何为相国，加封五千户邑民，另派士兵五百人和一名都尉为相国的护卫兵。群臣都向萧何道贺，唯独陈平向萧何表示哀悼之意："相国的灾祸就要从现在开始啦！皇上在外率军征战，而相国留守关中，没有建立任何战功，却赐相国封邑和护卫兵，这主要是因淮阴侯刚谋反被平，所以皇上也怀疑相国的忠心，派护卫兵保卫相国，并非宠爱相国，而是有怀疑相国之心。我建议相国恳辞封赏不受，并且把家中财产全部捐出，充作军费，这样才能消除皇上对相国的疑虑。"萧何采纳陈平的建议，高祖果然大为高兴。

汉高祖十二年秋天，英布叛变，高祖御驾亲征，几次派使者回长安打探萧何的动静。萧何对使者说："因为皇上御驾亲征，所以我在内鼓励人民捐献财物支援前方，和皇上上次讨伐陈豨叛变时相同。"这时，有人对萧何说："你灭门之日已经不远啦！你已经身为相国，功冠群臣，皇上没法再继续提升你的官职。自从相国入关中，这十多年来深得民心，皇上多次派使臣慰问相国，就是担心相国在关中谋反。相国如想保命，不妨低价搜购百姓的田地，并且不以现金支付而以债券取代，这样来贬低自己的声望，皇上才会安心。"萧何又采纳这个建议。高祖平定英布之乱凯旋而归，百姓沿途拦驾上奏，控告萧何廉价强买民田，高祖不由心中窃喜。

汉史曾记载，萧何购买田宅都是选择偏远的穷乡，也不在自家宅院营建高楼围墙。他说："如果后代子孙贤德，就会学习我的节俭；如果子孙不肖，这样的田地比较不容易遭到他人觊觎。"这和前面所记萧何强行购置民田，似乎有出入。其实强购民田是为免遭杀身之祸的权宜之策，至于隐居穷乡，则是保护家产的做法。这两件事同样具有远见。

宋朝韩王赵普，因为强行购买百姓宅第，行贿敛财，遭当时御史中丞雷德骧弹劾。

韩世忠罢官后，拒绝访客上门，并且绝口不谈兵事，时常骑着一匹驴，带着一壶好酒，领着一二童子，在西湖上饮酒自娱。有人曾批评他在新淦县购置官田，宋高宗听说这事却非常高兴，颁赐匾额，并赐名韩的田庄"旌忠"。

其实他们两人不论购民宅或买官田，都是为消除君主对自己的疑虑。

当君主不能与大臣们肝胆相照、推心置腹时，常使有功的大臣，不惜污损自己而求自保。三代时君臣上下水乳交融的情感早已不复存在，然而演变到现在，大臣不论有功无功，个个都拼命购买田宅，他们所持的理由又是什么呢？

陈平在吕氏对自己有疑虑时，整天饮酒调戏妇人；而唐朝的裴度在宦官气焰正甚时，也曾隐居乡野喝酒作诗，不问朝廷大事。这些都是古人明哲保身的方法，都是为了消除君主对自己的疑虑。

明朝初年，御史袁凯因触怒太祖，托病辞官归隐，太祖仍不放心，派人窥探，只见袁凯趴在竹篱下，吃家畜的大便。密探向太祖报告后，袁凯得以保住一命，原来袁凯早料到太祖会派人监视他的行动，要家人在炒面中搅拌沙糖，灌进竹筒中，暗暗散置竹篱下。这样避过密探耳目。看来袁凯也是聪明人啊！

5. 郭崇韬　宋太祖

原文

郭崇韬素廉，自从入洛，始受四方赂遗，故人、子弟或以为言，崇韬曰："吾位兼将相，禄赐巨万，岂少此耶，今藩镇诸侯多梁旧将，皆主上斩袪，射钩之人，若一切拒之，能无疑骇？"明年，天子有事南郊，崇韬悉献所藏，以佐赏给。

南唐主以银五万两遗赵普①，普以白宋主，主曰："此不可不受，但以书答谢，少赂其使者可也。"普辞，宋主曰："大国之体，不可自为削弱，当使之弗测。"

及从善来朝，常赐外密赍白金，如遗普之数。唐君臣皆震骇，服宋主之伟度。

赂遗无可受之理，然廉士或始辞而终受，而明主亦或教其臣以受，全要看他既受后作用如何，便见英雄权略。三代以下将相，大抵皆权略之雄耳！

注释

①赵普：宋朝人，字则平，曾佐宋太祖定天下。

译文

后唐的郭崇韬一向清廉正直，自从任官洛阳后，才开始收受各方的赠礼或贿金。他的故旧或部属，因此批评他的作为，郭崇韬说："我现在官至将相，每年俸禄赏赐千万，何曾把这些许贿金礼品放在眼里。但现在戍守各地的藩镇，多半是后梁归降的将领，他们都是陛下所倚重的将才。如果我坚辞不受，能保各藩镇心中不起疑惧吗？"第二年，皇帝在京师附近举行郊祭，郭崇韬于是把所收到的贿金及礼物，全部捐献出来，供皇帝赏赐人用。

南唐李后主派人送五万两白银给赵普，赵普将此事禀奏太祖赵匡胤。宋太祖说："南唐主的赠金不可不接受，你不妨写一封信向南唐王表示感谢。另外略微给那位使臣一些赏钱就可以了。"赵普拜辞出宫，宋太祖说："身为大国不可自贬身价，朕要让南唐觉得朕高深莫测。"

等南唐主的弟弟李从善进京晋见太祖时，太祖除了一般例行的赏赐外，另外暗中派人送给李从善白银，数目和南唐主送给赵普的一样，李从善将此事报告南唐主后，南唐君臣无不震惊，并且佩服宋太祖的器度。

本来贿金是不可以收受的，但是一向清廉的人也许会先拒绝而后收受，英明的君主也许要臣下接受，这完全要看收取后的作用如何而定，借此便可以看出是否有英雄人物的权谋智略。三代以后的将相，大抵上都是权略中的佼佼者。

6. 满宠　郭元振

原文

太尉杨彪与袁术婚,曹操恶之,欲诬以图废立,收彪下狱,使许令满宠按之。将作大匠孔融与荀彧嘱宠曰:"但受词,勿加考掠。"〔边批:惜客误客,书生之见。〕宠不报,考讯如法。数日,见操言曰:"杨彪考讯无他词。此人有名海内,若罪不明白,必大失民望。窃为明公惜之。"操于是即日赦出彪。初,或与融闻宠考掠彪,皆大怒。及因是得出,乃反善宠。

郭元振迁左骁卫将军、安西大都护。西突厥酋乌质勒部落强盛,款塞欲和。元振即其牙帐与之计事。会天雨雪,元振立不动,至夕冻冽。乌质勒已老,数拜伏,不胜寒冻。会罢,即死。其子婆葛以元振计杀其父,谋勒兵来袭。副使解琬劝元振夜遁①。元振不从,坚卧营中。〔边批:畏其袭者决不敢杀,敢杀则必有对之矣。〕明日,素服往吊。赠礼哭之甚哀,〔边批:奸甚。〕留数十日,为助丧事。婆葛感悦,更遣使献马五千、驼二百、牛羊十余万。

考掠也,而反以活之;立语也,而乃以杀之;其情隐矣。怒我者,转而善我,知其情故也;欲袭我者,转而感悦我,不知其情故也。虽然,多智如曹公,亦不知宠之情,况庸才如解琬,而能知元振乎?

注释

①遁:逃。

译文

三国时太尉杨彪与袁术结儿女亲家,引起曹操不满,想诬陷杨彪下狱，好让婚事告吹。曹操将杨彪收押下狱后，命满宠审理审讯。当时孔融与荀彧分别请托满宠，说："请先生只管讯问，千万不要用刑逼供。"满宠不理会两人请求，仍然用刑拷问。几天后，满宠晋见曹操，说："我已用过各种酷刑侦讯杨彪，但问不出个所以然来。杨彪名气不小，如果不明不白获罪，必定招来民怨，失去民心，这也是属下为曹公所担心的事。"曹操听了这番话，立即释放杨彪。当初，荀彧与孔融听说满宠拷问杨彪，对满宠非常不满，又因杨彪因满宠一番话而获释，才对满宠印象好起来。

唐朝郭元振任左骁卫将军安西大都护时，西突厥的酋长乌质勒所统率的部落势力壮盛。乌质勒对郭元振表示愿意与唐朝修好。郭元振来到乌质勒的军帐与他商议大计。这天正值下大雪。郭元振进帐后一直站立不坐，夜晚气温更低。由于乌质勒年事已高。受不了酷寒，在会谈结束后就病发而死，乌质勒的儿子婆葛认为郭元振用计杀死自己的父亲，于是率兵袭击郭元振。当时副使解琬曾劝说郭元振利用夜晚视线不明时遁逃，郭元振没有采纳，坚持睡在营帐中。第二天，郭元振穿着一身素服前往乌质勒的灵前吊祭，致赠奠仪，哭得非常伤心，并且还主动留在营地帮忙料理丧事。婆葛见了深受感动，反而派使者送给郭元振五千匹骏马，二百头骆驼及十万多头的牛羊。

满宠严刑拷问杨彪，是为给予杨彪活命的机会；郭元振站着与乌质勒商议大事。是想引他病发而死。这些都是隐而不见的内情。孔融、荀彧由不谅解满宠转而感激、礼遇，是由于日后了解实情；婆葛由率军包围郭元振转而感动、臣服，是因不了解实情。然而即使聪明如曹操者，尚且看不透满宠的心意，更何况是平庸的解琬，又怎能识破郭元振的心意？

7. 梅衡湘

原文

　　梅少司马衡湘初仕固安令。固安多中贵，狎视令长；稍强项，则与之争。公平气以待。有中贵操豚蹄饷公，乞为征负。公为烹蹄设饮，使召负者前，诃之，负者诉以贫，公叱曰："贵人债何债，而敢以贫辞乎？今日必偿，徐之，死杖下矣！"负者泣而去，中贵意似恻然，公觉之，乃复呼前，蹙额曰："吾固知汝贫甚，然无如何也，亟鬻而子与而妻，持镪来，虽然，吾为汝父母，何忍使汝骨肉骤①离？姑宽汝一日，夜归与妻子诀，此生不得相见矣！"负者闻言愈泣，中贵亦泣，辞不愿征，为之破券。嗣是，中贵家征负者，皆从宽焉。

注释

①骤：马上。

译文

　　少司马梅衡湘初任官时，是固安县县令。固安县多出宦官，因此并不把一个小小的县令看在眼里，经常故意刁难，梅公却都能心平气和地从容应对。某次一位宦官送给梅公一只猪脚，目的是想要梅公为他讨债，于是梅公命人烹调猪脚，设宴款待宦官，并把欠钱的县民叫来官府，斥责他们欠钱不还。县民们却纷纷哭诉自己的贫穷，梅公大声怒骂说："宦官大人好心借钱给你们，你们竟敢哭穷赖债，今天你们一定要还清所有债务，否则我就打死你们！"县民们都哭丧着脸离去。一旁观看的宦官不免有些不忍心，梅公察觉宦官态度软化，再度把欠钱的县民叫来，梅公皱着眉对他们说："我也知道你们很穷，但是我实在出于无奈，现在为了偿清债务，只有卖掉你们的妻儿来还钱，但我也不忍心让你们骨肉骤然分离，所以特别再宽限一天，今夜就与妻子诀别吧，此生恐怕不能再相聚了。"县民们听了，忍不住痛哭失声，宦官也不禁掉泪，当场打消讨债的念头，并且把借条都撕毁。从此，其他的宦官索债也都从宽处理。

8. 慎 子

原文

楚襄王为太子之时，质于齐。怀王薨，太子辞于齐王而归，齐王隘之［阸之也］："予我东地五百里，乃归子。不予，不得归！"太子曰："臣有傅，请退而问傅。"傅慎子①曰："献之地，所以为身也。爱地不送死父，不义，臣故曰'献之便'。"太子入，致命齐王曰："敬献地五百里。"齐王归楚太子，太子归，即位为王。齐使车五十乘来取东地于楚，楚王告慎子曰："齐使来求东地，为之奈何？"慎子曰："王明日朝群臣，皆令献其计。"上柱国子良入见，王曰："寡人之得反，主坟墓、复群臣、归社稷也。以东地五百里许齐，齐令使来求地，为之奈何？"子良曰："王不可不与也，王身出玉声，许强万乘之齐而不与，则不信；后不可以约结诸侯，请与而复攻之。与之，信；攻之，武。臣故曰与之。"子良出，昭常入见，王曰："齐使来求东地五百里，为之奈何？"昭常曰："不可与也。万乘者，以地大为万乘，今去东地五百里，是去战国之半也，有万乘之号而无千乘之用也，不可。臣故曰勿与，常请守之。"昭常出，景鲤入见，王曰："齐使来求东地五百里，为之奈何？"景鲤曰："不可与也。虽然，楚不能独守。王身出玉声，许万乘之强齐也而不与，负不义于天下，楚亦不能独守，臣请西索救于秦。"景鲤出，慎子入，王以三大夫计告慎子曰："子良见寡人曰：'不可不与也。与而复攻之。'常见寡人曰：'不可与也，常请守之。'鲤见寡人曰：'不可与也。虽然，楚不能独守。臣请索救于秦。'寡人谁用于三子之计？"慎子对曰："王皆用之。"王怫然作色，曰："何谓也？"慎子曰："臣请效其说，而王且见其诚然也。王发上柱国②子良车五十乘，而北献地五百里于齐；发子良之明日，遣昭常为大司马，令往守东地；遣昭常之明日，遣景鲤车五十乘，西索救于秦。"王如其策，子良至齐，齐使人以甲受东地，昭常应使曰：

"我典主东地,且与死生,悉五尺至六十,三十余万,敝甲钝兵,愿承下尘!"齐王谓子良曰:"大夫来献地,今常守之,何如?"子良曰:"臣身受命敝邑之王,是常矫也,王攻之!"齐王大兴兵攻东地,伐昭常,未涉疆,秦以五十万临齐右壤,曰:"夫隘楚太子弗出,不仁;又欲夺之东地五百里,不义;其缩甲则可,不然,则愿待战。"齐王恐焉,乃请子良南道楚,西使秦,解齐患。士卒不用,东地复全。

注释

①慎子:战国赵人,曾习黄老之术。
②上柱国:楚国最高武官,即元帅。

译文

楚襄王当太子时,曾被作为人质送往齐国。楚怀王去世,太子向齐王请求回国继承王位。齐闵王却拒绝,说:"你割让东地五百里给寡人,就放你回楚国,否则不准你回去!"太子说:"臣有一位师傅,请准臣向他请教后再回复大王。"

太子的师傅名叫慎子,对太子说:"把土地割给齐王,这是为了要赎回你自己。如果为了爱惜土地,就不回国为父王奔丧,这是违反人伦纲纪的行为。所以臣主张太子割地献齐王。"于是太子向齐闵王复命说:"愿意献给大王五百里土地。"齐闵王因此准许太子回国,太子回国后,即位为楚王,齐国也立即派出五十辆兵车前来接收割让的土地。楚王对慎子说:"齐国已派人来要地,该怎么办?"慎子说:"大王明日早朝接见大臣们时,要每人各献一计。"

第二天早朝时,元帅子良首先晋见,楚王说:"寡人所以能回国为先王送葬,得见众卿进而即位为王,是因为寡人答应把东地五百里割给齐国。现在齐王派人来要土地,贤卿你看要怎么办呢?"子良回答说:"大王不可以违约不给齐王土地,因为君主的话就像金玉般贵重;再说是割让给拥有万乘兵车的强齐,如果违约,就是失信,以后就不能和诸侯结盟订约。所以不如先把土地割给齐王,然后再发兵重新攻占回来。给齐王土地是守信，发兵攻占是强大，所以臣主张依约割土地给齐国。"子良退朝后，昭常又来晋见。楚王问："齐王派遣使臣来要东地五百里，贤卿认为该怎么办？"昭常说："不可以给齐国土地。因为所谓万乘大国，全凭土地广大，假如现在把东地五百里割让给齐国，就等于割去我楚国一半的国土，如此就只有万乘的空名，而实际上连千乘都称不上，这怎么可以呢？所以臣主张不给，而由臣率兵镇守。"昭常退下后，景鲤晋见。楚王问："齐王遣使来要东地五百里，贤卿认为该怎么办？"景鲤说："不可以给齐国土地，不过大王既已承诺给强齐土地五百里又不给他，背负着一个不义之名，如此一来，楚国必然无力独守东地，请准臣向秦国求援。"

景鲤退下后，慎子又来晋见，这时楚王把前面三位大臣的话告诉慎子，接着说："贤卿认为寡人应该采纳哪位大臣的计策？"慎子回答："他们三人的意见都加以采纳。"楚王听了非常不高兴，说："贤卿这话是什么意思？"慎子回答说："请大王听臣说明，大王就会知道臣的话有道理。大王先拨子良战车五十辆，派往北方向齐献地五百里；子良出发的次日，再派昭常为大司马镇守东地；在派昭常的次日，另派景鲤率战车五十辆西去秦国求救。"楚王于是依计行事。

子良到了齐国后，齐国便派使率兵接收东地。昭常见到齐使后说："本帅负责镇守东地，决心与东地共存亡，小自五尺之童，大至六十老翁，共征调三十多万都众，我们的盔甲武器虽然破旧，却愿意沾一些沙场的尘土。"齐闵王大怒，对子良说："大夫既然是来献地，那昭常却又率军镇守，这是什么意思？"子良回答说："臣亲奉敝国大王之命前来献地，是昭常私自违反君命用兵。"于是齐闵王发动大军攻打昭常，可是大军还没到达，秦国的五十万大军就已开到齐国的边境，对齐闵王说："阻挠楚太子回国，这是不仁；勒索楚国东地五百里，这是不义。除非贵国立刻退兵，否则只有一战。"齐闵王听了这话非常害怕，就请子良向楚王传达不攻楚的心意，同时派使者西去秦国说明一切，楚国不但解除了齐国的威胁，并且不用一兵就继续拥有东地。

9. 爰种　温峤　高欢

原文

爰盎①常引大体慷慨。宦者赵谈以数幸，常害盎。盎患之。兄子种为常侍骑，谓盎曰："君众辱之，后虽恶君，上不复信。"于是上朝东宫，赵谈骖乘，盎伏车前曰："臣闻天子所与共六尺舆者，皆天下英豪。今汉虽乏人，陛下独奈何与刀锯之余共载？"于是上笑，下赵谈。谈泣下车。

王敦用温峤为丹阳尹，置酒为别。峤惧钱凤②有后言，因行酒至凤，未及饮，峤伪醉，以手板击之堕帻，作色曰："钱凤何人，温太真行酒，敢不饮？"凤不悦，敦以为醉，两释之。明日，凤曰："峤与朝廷甚密，未必可信，宜更思之。"敦曰："太真昨醉，小加声色，岂得以此便相谗贰。"由是峤得还都，尽以敦逆谋告帝。

尔朱兆以六镇屡反，诛之不止，问计于高欢。欢谓宜选王心腹私将统之，有犯则罪其帅。兆曰："善，谁可行。"贺拔允时在坐，劝请用欢。欢拳殴允，折其一齿，曰："生平天柱时，奴辈伏处分如鹰犬，今天下安置在王，而允敢诬下罔上如此。"兆以欢为诚，遂委之，欢以兆醉，恐醒而悔之，遂出宣言，受委统州镇兵，可集汾东受号令。军士素乐欢，莫不皆至。欢去，遂据冀州。

注释

①爰盎：历任吴相、齐相，七国乱后被赐死。
②钱凤：武康人，与王敦谋反，事败被杀。

译文

西汉时爰盎经常激昂地批评朝政，引起宦官赵谈的不满，屡次在皇帝面前说爰盎坏话，爰盎因此很担心。他哥哥的儿子爰种是皇帝侍卫，对爰盎说："你可以当百官之面羞辱赵谈，日后赵谈在皇上面前说你坏话，皇上就不会相信，你放心。"一天皇帝要到东宫，赵谈和皇帝共乘一车，爰盎跪在车驾前说："臣听说自古来能有资格和皇上共乘一车的，必须是天下一等的英才豪杰，大汉虽人才不多，但皇上也不致于和受过宫刑的小人共乘一车吧？"皇帝大笑起来要赵谈下车，于是赵谈只有哭着下车。

晋朝时王敦任命温峤为丹阳县令，并为他举行上任酒会。温峤怕钱凤往后会在王敦面前说他坏话，因此在酒宴上装醉，把钱凤的帽子打落，并装着生气地说："你是什么东西，我温峤向你敬酒，你敢不喝？"钱凤非常不高兴，王敦认为这是温峤醉后发酒疯，便出面打圆场。第二天，钱凤对王敦说："温峤和朝廷往来密切，并不可靠，你派他到丹阳这事得重新考虑考虑。"王敦说："昨晚温峤酒醉，对你大声吼了几句，你就说他坏话，未免太小心眼了吧？"于是温峤得以安全返回建康，把王敦谋反的计划报告皇帝。

南北朝时尔朱兆因所统领的六个镇常有军队叛变的事发生，主事者虽都予以处死，但乱事仍不断发生，于是问高欢可有好计策。高欢说："不如任命王的亲信为统帅统领六镇，有任何问题就责问统帅。"尔朱兆说："好是好，但是派谁去呢？"当时贺拔允在座，就建议尔朱兆任命高欢为大将军。高欢听了，一拳就把贺拔允的牙齿打落一颗，说道："在天柱大将军生前，我们的职分只是为主上驱赶杀敌，如打猎所用的鹰犬一样的战士，至于大事的抉择只有静待主上的命令，哪有说话的余地。如今六镇统帅的任命，亦当由大王来决定委派，小小贺拔允居然天大的胆子敢在这里胡言乱语。"尔朱兆认为高欢对自己一片忠诚，当场任命他为六镇的统帅。高欢怕尔朱兆是酒后醉语，日后反悔，出门立即对士兵宣布受命统领六镇军队，命所有士兵在河东集合。士兵们一向爱戴高欢，听到这消息无不前往集合地点报到，高欢遂据有冀州。

第六部　捷　智

捷智部总序

原文

冯子曰：成大事者，争百年，不争一息，然而一息固百年之始也。夫事变之会，如火如风。愚者犯焉，稍觉，则去而违之，贺不害斯已也。今有道于此，能返风而灭火，则虽拔木燎原，适足以试其伎而不惊。尝试譬之足力，一里之程，必有先至，所争逾刻耳。累之而十里百里，则其为刻弥多矣；又况乎智之迟疾，相去不啻千万里者乎！军志有之，"兵闻拙速，未闻巧之久。"夫速而无巧者，必久而愈拙者也。今有径尺之樽，置诸通衢，先至者得醉，继至者得尝，最后至则干唇而返矣。叶叶而摘之，穷日不能髡一树；秋风下霜，一夕零落。此言造化之捷也，人若是其捷也，其灵万变，而不穷于应卒，此唯敏悟者庶几焉。呜呼！事变之不能停而俟我也审矣，天下亦乌有智而不捷，不捷而智者哉！

译文

成大事的人争的是百年，而不是片刻。然而，一时的成败可能正是千秋成败的开始。在事物激变的现在，灾害如火如风，愚昧的人往往逃不过灾难，而真正的智者，能立刻远离灾害，并消弭漫天大火。因此，这样的激变，刚好可提供智者伸展智慧的机会。以一里的短程跑步为例，先到后到差的虽然往往只有很短的时间；但十里百里的长路累积下来，这样的差别便大起来了。便何况智者和愚者的迟速差别，本来就远远大过人跑步速度的差异。兵法说，用兵只有笨拙的迅捷，而没有什么巧妙的迟缓，正像把一壶美酒摆在大街之上，先到的人能痛饮大醉，其次的人也还能分到几杯，至于最后来的人便只能干巴巴的败兴而返了。

以人力来摘叶子，一整天下来也摘不完一棵树，而秋风一起霜雪一降，一夕之间全部殒落，天地造化的速捷便是如此。人若能得天地造化之精意，则当然能在事物激变的当下灵活应变，而不会在仓促之间束手无策，这便只有真正敏悟智慧的人可能做得到吧！激变的事物是不会停下来等人想办法应对的，这是再清楚不过的道理。所以，天底下哪有智慧而不敏捷，敏捷而无智慧这回事呢？

1. 鲍叔牙

原文

公子纠①走鲁，公子小白②奔莒。既而国杀无知，未有君。公子纠与公子小白皆归，俱至，争先入。管仲扞弓射公子小白，中钩；鲍叔御，公子小白僵，管仲以为小白死，告公子纠曰："安之，公子小白已死矣！"鲍叔因疾驱先入，故公子小白得以为君。鲍叔③之智，应射而令公子僵也，其智若镞矢也。

王守仁以疏救戴铣，廷杖，谪龙场驿。守仁微服疾驱，过江，作《吊屈原文》见志，寻为《投江绝命词》，佯若已死者。词传至京师，时逆瑾怒犹未息，拟遣客间道往杀之，闻已死，乃止。智与鲍叔同。

注释

①公子纠：齐襄公无知弟，襄公杀无数，群弟恐祸，纠奔鲁，齐人杀无知，小白先回齐，立为国君，鲁人遂杀纠。
②公子小白：齐桓公名，齐襄公弟，春秋五霸之首。
③鲍叔：鲍叔牙，春秋齐大夫，荐管仲于桓公，佐桓公成霸业。

译文

春秋时齐内乱，公子纠逃避到鲁国，公子小白投奔莒。不久齐人杀国君无知。为争取王位，公子纠与公子小白，都想抢先回到齐国，半途两车相遇，鲍叔牙为公子小白驾车，管仲用箭射中公子小白腰带上的环扣。管仲见小白僵卧车上，以为小白已死，便对公子纠说："请公子安心，小白已经死了。"这时鲍叔牙与公子小白却快马疾行回到齐国，所以小白才登上王位，成为齐君。鲍叔牙能将计就计，要公子小白中箭后僵卧不动，才取得入齐的先机，这种应变的机智，像箭一般犀利。

　　王守仁为救戴铣上奏武宗而被贬至贵州龙场驿。王守仁穿着便服前往驿场，过长江时作了一篇《吊屈原文》表明心志，又写一首《投江绝命词》，让人以为他已投江自尽。本来宦官刘瑾对王守仁怒气未消，打算派杀手半途劫杀王守仁，在京师看了王守仁所写的词、文，以为王守仁已死。便打消原意，王守仁因而保全一命。王守仁和鲍叔牙都是有智慧的人。

2. 汉高祖

原文

楚、汉久相持未决，项羽谓汉王曰："天下汹汹，徒以我两人。愿与王挑战决雌雄，毋徒罢天下父子为也。"汉王笑谢曰："吾宁斗智，不能斗力。"项王乃与汉王相与临广武间而语，汉王数羽罪十，项王大怒，伏弩射中汉王，汉王伤胸，乃扪①足曰："虏②中吾指。"汉王病创卧，张良强起行劳军，以安士卒，毋令楚乘胜下汉。汉王出行军，病甚，因驰入成皋。小白不僵而僵，汉王伤而不伤。一时之计，俱造百世之业！

注释

①扪：摸。
②虏：指敌人。

译文

楚汉两军对峙，久久没有决定性的胜负。项羽对刘邦说："如今天下所以纷扰不定，原因在于你我两人相持不下。不如干脆一点我们两人单挑，不仅谁胜谁负马上水落石出，也省得天下人因为我们两人而送命。"刘邦说："我宁可和你斗智，不想和你斗力。"后来项羽和刘邦在广武山隔军对话，刘邦举出项羽十条罪状，项羽一听不由怒上心头，举箭一射，正中刘邦前胸。刘邦却忍痛弯身摸脚说："我的脚被射中了。"说完便已倒地。刘邦其实伤重得几乎下不了床，张良却要刘邦强忍创伤起来巡视军队，除了安定军心外，更为了不让项羽知道刘邦伤重而乘机进攻。刘邦才一离开军营，便因伤重不支，立即快马返回成皋。小白受管仲一箭，本来没有怎么伤，却佯作伤死；刘邦受项羽一箭，已经重伤，却佯作无事。两人都因一时机敏应变，成就日后百年基业。

3. 程 颢

原文

河清卒于法不他役。时中人程昉①为外都水丞，怙势蔑视州郡，欲尽取诸埽兵治二股河。程颢以法拒之。昉请于朝，命以八百人与之。天方大寒，防肆其虐，众逃而归。州官晨集城门，吏报河清兵溃归，将入城。众官相视，畏昉，欲弗纳②。颢言："弗纳，必为乱。昉有言，某自当之。"既亲往，开门抚纳，谕归休三日复役。众欢呼而入。具以事上闻，得不复遣。后昉奏事过州，见颢，言甘而气慑。既而扬言于众曰："澶卒之溃，乃程中允诱之，吾必诉于上。"同列以告。颢笑曰："彼方惮我，何能尔也！"果不敢言。

此等事，伊川必不能办。纵能抚溃卒，必与昉诘讼于朝，安能令之心惮而不敢为仇耶！

注释

①程昉：神宗时王安石欲兴水利，要程昉治河，任河北河防水利令。
②纳：收进。

译文

宋神宗时，黄河的水兵按律法不必服其他劳役。宦官程昉为河防大臣，仗势不把州郡律法放在眼里，想征调黄河水兵整治二股河。程颢以不合律法拒绝，程昉便上奏神宗，朝廷于是下令程颐拨八百水兵给程昉。时正值天寒河水冻结，士兵受不了程昉的暴虐，纷纷逃离。第二天早晨，州官齐集官府议事时，突有吏卒禀报："水兵集体逃亡，即将入城。"众官面面相觑，怕得罪程昉，想拒开城门。程颢说："如果不开城门，一定会发生暴乱,程昉果真怪罪,由我一人承担。"说完亲自到城门口迎接,并宣布水兵可以休假三天再回去服役。士兵们在一片欢呼声中进城。程颢又将水兵受虐待的情形禀报朝廷,终于免除水兵再服劳役。事情过后,程昉很畏惮程颐。有一次程昉因事路过本州,见到程颢,只敢说些好话奉承程颢。然而,私底下程昉却又不甘心,曾当着多人之面扬言:"黄河水兵的溃逃,是受了程颢的鼓动,我一定要上书奏明皇上!"很多人都替程颢担心,程颢笑着说:"他怕我,不会对我怎样的。"日后程颢果然无事。

  这样的事,程颢一定做不到,纵使程颐能安抚水兵,但必定要与程昉在朝廷对质。程颢怎能使程昉心生畏惧并且不敢与他作对呢?

4. 赵从善 辛弃疾

原文

赵从善尹京日，宦寺欲窘①之，敕办设醮红桌子三百只，内批限一日办集。从善命于酒坊茶肆取桌相类者三百，净洗，糊以白纸，用红漆涂之。

又两宫幸聚景园，夜过万松岭，立索火炬三千，从善命取诸瓦舍妓馆，不拘竹帘芦帘，实以脂，卷而绳之，系于夹道松树，左右照耀，比于白日。

高宗南渡，驻跸临安，草创行在。方造一殿，无瓦，而天雨，郡与漕司忧之。忽一吏白②曰："多差兵士，以钱镪分俵关厢铺店，赁借楼屋腰檐瓦若干，旬月新瓦到，如数赔还。"郡司从之，殿瓦咄嗟而办。

辛安在长沙，欲于后甫建楼赏中秋，时已八月初旬矣，吏曰："他皆可办，唯瓦不及。"幼安命先于市上每家以钱一百，赁檐瓦二十片，限两日以瓦收钱，于是瓦不可胜用。

二事皆一时权宜，可为吏役之法。

注释

①窘：生活或处境困迫，没有办法。
②白：下对上告诉，陈述。

译文

赵从善刚任命为京城的百官长时，宫中宦官想令他难堪，就将皇帝下令设醮、道士设祭坛祈祷所需的三百张红桌交给他来办理，并限他一日内要办齐。于是赵从善派人到京城各家酒楼、茶馆搜购式样相仿的桌子三百张,清洗干净后,桌面糊上白纸喷上红漆,圆满地交了差。

又有一次,皇帝及太后驾临聚景园,晚上将路过万松岭,需要三千支火把照路。赵从善立即派人到各妓院取来竹帘,涂上油脂卷起后用绳拴牢,绑在万松岭道路两边的松树上,点燃后亮如白昼。

高宗南渡后以临安为都,想盖一座宫殿,但欠缺瓦材。偏偏又逢大雨,郡守与漕运官都烦恼不已。有一名小官建议道:"不如多派些士兵拿着钱,分别到城外的商家向他们借屋瓦,至于屋顶的漏空则用钱俵补,等一个月新瓦运到后再如数赔偿给他们。"郡守照这方法,果然解决了殿瓦的难题。

辛弃疾在长沙时,想在后花园搭一座塔楼赏中秋月,这时已是农历八月初了,小官说:"塔楼在中秋前完工没有问题,只是塔顶瓦片可能运送不及,影响进度。"辛弃疾命人到街市宣布:"凡借瓦二十片给钱一百,愿意者限两日内携瓦片至郡守。"于是郡府前的瓦片堆积如山。

两件事都是为一时权宜之计,但可为具体办事人员参考。

5. 孔 子

原文

鲁人烧积泽，天北风，火南倚，恐烧国。哀公自将众趋救火者，左右无人，尽逐兽，而火不救。召问仲尼，仲尼曰："逐兽者乐而无罚，救火者苦而无赏，此火之所以不救也。"哀公曰："善①。"仲尼曰："事急，不及以赏救火者；尽赏之，则国不足以赏千人。请徒行罚。"乃下令曰："不救火者，比降北之罪；逐兽者，比入禁之罪。"令下未遍，而火已救矣。

贾似道为相，临安失火，贾时方在葛岭，相距二十里，报者络绎，贾殊不顾，曰："至太庙则报。"俄而报者曰："火且至太庙。"贾从小肩舆，四力士以椎剑护，里许即易人，倏忽即至，下令肃然，不过曰："焚太庙者斩殿帅。"于是帅率勇士一时救熄。贾虽权奸，而威令必行，其才亦自有快人处。

注释

①善：应答之词，表示同意。

译文

鲁人放火烧积泽，天刮起了北风，火势向南蔓延，眼看国境将受到波及。哀公鼓励百姓参与救火，但百姓只愿意驱赶野兽，不愿救火，哀公请教孔子。孔子说："驱赶野兽任务轻松又不会受到责罚，救火不但辛苦危险，又没有奖赏，所以没有人愿意救火。"哀公认为有理。孔子又说："事情紧急来不及行赏，再说凡是参与救火的人都有赏，那么国库的钱赏不到一千人就光了。现在只好下令不救火者一律论罪。"于是哀公下令："凡是不参与救火者，比照战败降敌之罪；只驱赶野兽者，比照擅入禁区之罪。"命令还未遍及全国，积泽的大火已被扑灭。

宋朝贾似道为丞相时，临安大火，贾似道正在距临安二十里外的葛岭，不断有人到葛岭向贾似道报告临安大火的消息。贾似道说："等火势蔓延到太庙时再说。"

不久，有使者报告说火势蔓延已快至太庙。贾似道乘坐小轿，由四名大力士用椎剑护卫，每行一里多路便更换轿夫，所以一会儿便来到太庙前。接着，贾似道命所有人员恭敬肃立，说道："若太庙被焚，就斩殿帅问罪。"不久，大火便在殿帅率众奋勇扑救下熄灭。

贾似道虽是奸臣，但他令出必行，行事明快的作风，也有令人欣赏的地方。

6. 陶 鲁

原文

陶鲁,字自立,郁林人,年二十,以父成无事,录补广东新会县丞。都御史韩公雍下令索犒军牛百头,限三日具。公令出如山,群僚皆不敢应,鲁逾列任之,三司①及同官交责其妄,鲁曰:"不以相累。"乃榜城门云:"一牛酬五十金。"有人以一牛至,即与五十金。明日牛争集,鲁选取百头肥健者,平价与之,曰:"此韩公命也。"如期而献,公大称赏,檄鲁隶麾下,任以兵政。其破藤峡,多赖其力,累迁至方伯。

本商鞅徙木立信之术,兼赵清②献增价平籴之智。

注释

① 三司:明朝时以布政使、按察使、都指挥使为三司。
② 赵清:明朝人,善用兵,官至北平都指挥使。

译文

明朝人陶鲁,字自立,郁林人。二十岁时因父死,递补广东新会县丞职位。

有一回,都御史韩雍下令手下官员三天内要备齐一百头牛犒赏军士。韩雍一向令出如山,官员们因没把握,没人敢答腔。只有陶鲁自告奋勇地愿意越级负责这个任务。三司及行省各文武长官和其他官员都责备陶鲁的鲁莽。陶鲁说:"绝不连累诸位。"陶鲁在城门张贴告示说:"买牛,一头五十金。"有人牵一头牛来到县府,陶鲁立即给人五十金。第二天县民争相牵牛前来,陶鲁仔细挑选一百头健硕的牛只,按市价买下,并声明这是韩公所订的价钱。因为韩雍深受百姓爱戴,百姓也就欣然接受,于是陶鲁如期交牛。韩雍对陶鲁的机智大加赞赏，于是正式召陶鲁为幕僚，掌理兵政。韩雍攻藤峡时，陶鲁出力甚多，后官至布政使。

陶鲁的做法，是借用商鞅搬木建立公信力的计谋，也兼采用赵清用平籴法救荒济急的智慧。

7. 韩 雍

原文

韩雍①弱冠为御史,出按江西。时有诏下镇守中官,而都御史误启其封,惧以咨雍,雍请宴中官而身为解之,明日伪为封识,而藏旧封于怀,俟②会间,使邮卒持以付己,佯不知而启之,稍读一二语,即惊曰:"此非吾所当闻。"遽令吏还中官,则已潜易旧封矣,雍起谢罪,复欲与邮卒杖,中官以为诚,反为救解,欢饮而罢。

此即王韶欺郭逵之计,做得更无痕迹。

郭逵为西帅,王韶初以措置西事至边。逵知其必生边患,因备边财赋连及商贾,移牒取问。韶读之,怒形颜色,掷牒于地者久之,乃徐取纳怀中,入而复出,对使者碎之。逵奏其事,上以问韶,韶以原牒进,无一字损坏也。上不悟韶计,不直逵言,自是凡逵论,诏皆不报,而韶遂得志矣。

韩襄毅在蛮中,有一郡守治酒具进,用盒纳妓于内,径入幕府,公知必有隐物,召郡守入,开盒,令妓奉酒毕,仍纳于盒中,随太守出。

此必蛮守欲假此以窥公耳,公不拂其意,而处之若无事然,此岂死讲道理人所知。

注释

①韩雍:明朝人,因屡次破贼有功,两广人曾立祠祀奉。
②俟:等待。

译文

明朝人韩雍二十岁就当了江西御史。有一次,都御史将一封皇帝颁赐宦官的敕书误认为是普通公文而开启。都御史怕有杀身之祸,请教韩雍共商对策，韩雍表示，他将设宴请蔡太监，亲自为他解决这个难题。第二天，他先伪造一封假敕书，把真敕书藏在怀中，在宴席前悄悄把假信交给邮卒，叮嘱邮卒在宴席开始后送交自己，然后故意拆信，读了几句后，就很惊慌地说："这不是颁给我的敕书。"于是，把原来已拆封的敕书送给宦官，除了一再谢罪外，并请求与邮卒一起领罚，宦官被韩雍的诚意感动，反而连连劝慰，宾主继续畅饮。

韩雍的计谋，其实就是王韶欺骗郭逵之计，只是韩雍做得更加天衣无缝。

郭逵在边境为帅时，王韶奉命治理边境。郭逵知道王韶治理边境必会发生变乱，想让王韶知难而退，就派人送给王韶一本边境各地的财赋概况及商家资料，征询王韶意见。王韶看了一两页后，就把资料掉在地上，许久之后才将资料揣入怀中，来到室外，当着郭逵使者的面将资料撕毁。

郭逵将此事奏禀皇帝，皇帝召来王韶时，只见王韶将原本呈上，没有丝毫毁损，皇帝没有察觉王韶的计谋，以为郭逵没有说实话，从此王韶得到皇帝的宠信。

韩雍有一次来到番地，当地郡守准备了酒菜，把一名妓女藏在箱中，命人送到韩府。韩雍知道其中定有文章，召来郡守当场开箱，请出妓女。酒宴结束后，韩雍请妓女再回到箱中，随太守一起离开府衙。

箱中暗藏妓女一事，一定是番邦郡守想借此试探韩公，韩公不违逆郡守的心意，处理泰然自若，这种技巧岂是只讲死道理的古板人所能知道的。

8. 张 良

原文

高帝已封大功臣二十余人，其余日夜争功不决。上在洛阳南宫，望见诸将往往相与坐沙中偶语。以问留侯①，对曰："陛下起布衣。以此属取天下，今为天子。而所封皆故人，所诛皆仇怨。故相聚谋反耳。"上忧之。曰："奈何？"留侯曰："上生平所憎，群臣所共知，谁最甚者？"上曰："雍齿②数窘我。"留侯曰："今急。先封雍齿，则群臣人人自坚矣。"乃封齿为什邡侯，群臣喜曰："雍齿且侯。吾属无患矣。"

温公③曰："诸将所言，未必反也。果谋反，良亦何待问而后言邪？徒以帝初得天下，数用爱憎行诛赏。群臣往往有觖望自危之心。故良因事纳忠以变移帝意耳！"

袁了凡曰："子房为雍齿游说。使帝自是有疑功臣之心。致三大功臣相继屠戮。未必非一言之害也！"

由前言，良为忠谋；由后言，良为罪案。要之布衣称帝，自汉创局，群臣皆比肩共事之人，若觖望自危，其势必反。帝所虑亦止此一著，良乘机道破，所以其言易入，而诸将之浮议顿息，不可谓非奇谋也！若韩、彭菹醢，良亦何能逆料之哉！

注释

①留侯：即张良，字子房，佐刘邦灭项羽，封留侯。
②雍齿：汉初沛人，从高祖起兵，叛而复归。
③温公：即司马光，字君实，著有《资治通鉴》。

译文

汉高祖刘邦即帝位后，大肆封赏了二十多位功臣。还未封赏的将领，为了争赏而争相表功。高祖住在洛阳南宫时,见将军们常聚在一起窃窃私语,于是召来张良询问,张良说:"陛下由平民取得天下,今已贵为天子。但所分封的对象都是旧友,而往日与陛下有仇怨的都遭到诛杀,将军们担心自身的安危福祸,所以聚在一起密谋造反。"

　　高祖感到非常不安,问张良有何对策。张良说:"陛下生平最讨厌的,而大臣也都知道的人是谁?"高祖答:"雍齿曾多次让我难堪,我一直想杀他,但因他功劳颇多,不忍心。"张良说:"臣以为陛下首先就要封雍齿为侯,那么其他大臣就不会再心存疑虑了。"于是,高祖封雍齿为什邡侯,群臣高兴地说:"连雍齿都能封侯,我们还有什么可担心的。"

　　司马光说:"将军们所谈论的未必是有关谋反的事;他们果真有造反的念头,张良也不会等到高祖询问才说。张良只因高祖初即帝位,便以个人的爱憎行赏论罪,造成诸臣不安,所以才忠言劝谏,改变高祖的作风。"

　　袁了凡说:"张良为雍齿游说,造成高祖对功臣的不信任,致使日后三大功臣遭到诛杀,未尝不是张良的一句话所种下的祸根。"由前者看张良是忠臣。由后者看张良是祸首。我认为刘邦以平民称帝建立汉朝,所有的大臣都是当年并肩征战的伙伴,若人心不安必会谋反,高祖所忧虑的也在此。张良借高祖问话道破高祖心意,所以高祖能轻易接受张良的建议,平息群臣的疑虑,不能不说张良的计谋高明。至于日后韩信等功臣的被杀,岂是张良能事先预料的呢?

9. 汉高祖　唐太宗

原文

汉高祖过柏人，欲宿，心动，询其地名，曰"柏人"，柏人者，迫于人也。不宿而去。已而闻贯高之谋。高祖不礼于赵王，故贯高等欲谋弑之。

窦建德①救王世充②，悉兵至牛口。李世民喜曰："豆入牛口，必无全理。"遂一战擒之。

后汉岑彭伐蜀，至彭亡，遇刺客而死。

唐马燧讨李怀光，引兵下营，问其地，曰："埋光村。"喜曰："擒贼必矣。"果然。

辽主德光寇晋，回至杀胡林而亡。

宋吴璘与金人战，大败于兴州之杀金坪。

弘治中，广西马参议玹与都司马某征猺③，至双倒马关，皆为贼所杀。

宁王反，兵败于安庆，舟泊黄石矶，问左右："此何地名？"左右以对，江西人呼"黄"如"王"音，濠叹曰："我固应'失机'于此。"无何就擒，谶④其可尽忽乎？

文皇兵至怀来城，毁五虎桥而进。又如狼山、土墓、猪窝等处，俱不驻营，恶其名也。

弘治乙丑，昆山顾鼎臣为状元。尹阁老值家居，谓人曰："此名未善。"盖"臣"与"成"声相似，鼎成龙驾，名犯嫌讳。至五月，果验。人谓尹之言亦有本同音。

景泰辛未状元乃柯潜，时人云："'柯'与'哥'同音。"未几，英庙还自北，退居南宫，固'哥潜'之谶。

注释

①窦建德：隋朝人，宇文化及杀炀帝后，曾自称帝，国号夏，为李世民讨平。

②王世充：隋朝人，炀帝被杀后曾自称郑王。

③徭：劳役，封建统治阶级强制人民承担的无偿劳动，常"徭役"连用。

④谶：迷信的人认为将来能应验的预言、预兆。

译文

有一次，汉高祖路经一个叫柏人的地方，本想停留一晚但心头总觉不妥。问人，知道地名是"柏人"后，心想："柏人者，被人迫害的意思。"于是连夜赶路。不久就听说贯高的阴谋。高祖因曾对赵王不礼貌，所以贯高想谋害高祖。

窦建德率兵救援王世充，大军行至牛口，李世民得知后高兴地说："豆（窦）入牛口，必无生还的道理。"果然一战告捷，生擒窦建德。

后汉岑彭伐蜀，率兵至"彭亡"，遇刺身亡。

唐时马燧讨伐李怀光，发现军队扎营的地点叫"埋光村"，高兴地说："擒贼必能成功。"结果果真成功。

辽主德光侵犯晋朝，返辽途中在"杀胡林"丧命。

宋大将吴璘大败金人于"杀金坪"。

明孝宗弘治年间，广西一位马姓参议偕同一位都司马征徭役时，行至"双倒马关"，被贼人所杀。

宁王朱宸濠谋反，在安庆吃了败仗，船停泊在黄石矶。江西人念"黄"音如"王"，宸濠感叹地说："我恐怕在此地会吃个大败仗。"不久宸濠被擒，真是一语成谶。

成祖率兵行至怀来城，曾下令拆毁五虎桥，又因讨厌"狼山"、"土墓"、"猪窝"等地名，坚持不在这些地方扎营。

明孝宗时昆山人顾鼎臣高中状元，退休在家养老的尹阁老曾对人说："顾状元的名字取得不好。"原来"臣"与"成"音相近，鼎成龙驾，冒犯天子。到五月果然应验。有人说尹阁老的话是有根据的。

明代宗辛未年,柯潜高中状元,有人说"柯"、"哥"音近,借以影射英宗,不久英宗由瓦剌返京,果真不再为天子,应了"哥潜(搁浅)"之谶。

10. 拆 字

原文

谢石，润夫，成都人，宣和间至京师，以拆字言人祸福。求相者但随意书一字，即就其字离析而言，无不奇中，名闻九重，上皇因书一"朝"字，令中贵人持往试之。石见字，即端视中贵人曰："此非观察所书也。"中贵人愕然曰："但据字言之。"石以手加额曰："'朝'字，离之为'十月十日'字，非此月此日所生之天人，当谁书也！"一座尽惊。中贵驰奏。翌日，召至后苑，令左右及宫嫔书字示之，论说俱有精理，锡赉甚厚，补承信郎。缘①此四方求相者，其门如市。

有朝士，其室怀娠过月，手书一"也"字，令其夫持问。是日坐客甚众，石详视，谓朝士曰："此阁中所书否？"曰："何以言之？"石曰："谓语助者，焉、哉、乎、也，固知是公内助所书。"问："盛年三十一否？"曰："是也。""以'也'字上为'三十'，下为'一'字也。""然吾官寄此，当力谋迁动，还可得否？"曰："正以此为挠耳。盖'也'字着'水'则为'池'，有'马'则为'驰'，今池运则无水，陆驰则无马，是安可动也？又尊阁父母兄弟近身亲人，皆当无一存者。以'也'字着'人'，则是'他'字，今独见'也'字而不见'人'故也。又尊阁其家物产亦当荡尽否？以'也'字着'土'则为'地'字，今不见'土'只见'也'。俱是否？"曰："诚如所言。然此皆非所问者。贱室忧怀娠过月，所以问耳？"石曰："是必十三个月也。以'也'字中有'十'字，并两旁二竖下画为十三也。"[边批：或三十一，或十三，数而参之以理。]石熟②视朝士曰："有一事似涉奇怪，固欲不言，则吾官所问，正决此事。可尽言否？"朝士因请其说。石曰："'也'字着'虫'为'虵'（蛇）字，今尊阁所娠，殆蛇妖也。然不见虫，则不能为害。谢石亦有薄术，可为吾官以药下验之，无苦也。"朝士大异其说，固请至家，以药投之，果下数百小蛇。都人益共神之，而不知其竟挟何术。

后石拆"春"字，谓"秦"头太重，压"日"无光，忤相桧，死于戍。

建炎间，术者周生善相字。车驾至杭，时虏骑惊扰之余，人心危疑，执政呼周生，偶书"杭"字示之，周曰："惧有警报。"乃拆其字，以右边一点配"木"上即为"兀术"。不旬日，果传兀术南侵。当赵、秦庙谟不协，各欲引退，二公各书"退"字示之，周曰："赵必去，秦必留。日者君象，赵书'退'字，'人'去'日'远；秦书'人'字，密附'日'下，字在左笔下连，而'人'字左笔斜贯之，踪迹固矣，欲退得乎？"既而皆验。

往年有叩试事者，书"串"字，术者曰："不特③乡闱④得隽，南宫亦应高捷。盖以'串'寓二'中'字也。"一生在傍，乃亦书"串"字令观，术者曰："君不独不与宾兴，更当疾。"询其所以，曰："彼以无心书，故当如字；君以有心书，'串'下加'心'，乃'患'字耳。"已而果然。

相传文皇在燕邸时，尝微行，诣一相字者，写"帛"字令看，其人即跪拜，称"死罪"。王惊问故，对曰："'皇'头'帝'脚，必非常人也。"后有人亦书"帛"字，其人曰："是为'白巾'，君必遭丧。"

注释

①缘：沿着，顺着。

②熟：深入，周详。

③特：只，仅，独，不过。

④闱：科举考试的地方。乡闱即乡试。

译文

谢石字润夫，成都人，宋徽宗宣和年间来到京师后，就以测字言人祸福为生，想算命的人只要随意写一字，谢石就能根据所写的字，算出福祸，灵验无比，因此名震京师。有一次，徽宗写一"朝"字命内臣送去请谢石卜算，谢石凝视内臣说："这字非先生所写。"内臣惊问原因，谢石解释说："朝字拆开是十月十日，若不是此月此日所生的天子，谁会写呢？"在场的客人都惊异不已，内臣立刻回宫禀奏。第二天，徽宗召谢石至后苑，要大臣们及宫妃以字测运，谢石一一解说，道理非常精准贴切，皇帝不但赐予丰厚的赏赐，另封谢石补承信郎的官职。从此声名更盛，门庭若市。

有一官员的妻子已过产期，仍不见胎儿有出生的迹象，于是写一"也"字，要丈夫拿去测。当天客人满座，谢石仔细端详官员说道："这字是夫人所写。"问其原因，谢石答："焉、哉、乎、也都是语助词，所以知是夫人所写。"又问："您夫人三十一岁。"答："是。""因为'也'上为三十下为一。"问："下官寄居此地，想能有调动，只是不知能否如愿？"谢石答："正想为官人说明，'也'字有水成池，有马为驰，现在池运故无水，陆驰则无马，调动不成。另外，府上父母兄弟及亲人都已过世吧？因'也'字有人则为'他'，现只见也不见人。还有，府上家用窘困吧？因'也'有土为地，现不见土只见也。这些话都说对了吗？"官员说："都说对了，但是这都不是我想问的。我妻子的产期已过但胎儿还没有动静，她十分担心，所以前来一问。"谢石说："夫人一定要怀足十三个月，才会分娩。因'也'字有'十'两旁二竖下有一画为十三。"接着他又凝视官员片刻说："有一件事我觉得奇怪，本不想说。但因和您所问之事有关，能否容我直言？"官员请谢石明说。谢石说："也字加虫为蛇字。夫人所怀恐怕是蛇虫。但幸好不见虫，所以不能害人，谢某略懂医术，可代为配药，以验证所言不假。"官员虽对谢石的说法感到疑惑，仍请谢石至家中，夫人吃下所配之药后，果然产下数百条小蛇。人们更加敬重谢石，但一直不知他用的是什么法术。

后来谢石因测"春"字，以秦头重压得日头无光，得罪宰相秦桧，被充军，最后死在充军的地方。

南宋高宗时有位周姓术士，善于测字。当时因金人常犯边境，人心惶惶，高宗正驾幸杭州，于是写一"杭"字。周术士说："怕不久会有战事发生。"因"杭"字如果将右边一点，点在木上就可拆成"兀术"二字。不到十天，果然传来兀术南侵的警报。

秦桧、赵鼎二人在朝廷常因意见不合而时有争执，因此二人都萌生退意。一天，秦、赵二人各写了一个"退"字请周术士测，周说："赵必去，秦必留。日者代表君，赵鼎写'退'字，人离日远；秦桧写'退'字，人紧附日下，因此秦桧必不能如愿。"不久果然应验。

某年，有位赴京参加考试的书生写了一个"串"字请相士测，相士说："先生不仅可中乡试，而且会试也能中。因为'串'字二'中'。"在旁边的一位书生听了，也写下一"串"字，相士说："你不仅不能参加地方款待应考者的宾兴宴，恐怕还会生场大病。"问相士原因，相士说："旁人无心写'串'，所以是'二中'，你有心写'串'，'串'下加'心'，可不是'患'么？"后来也应验了。

相传明成祖朱棣仍为燕王时，有一次单独出巡，来到一测字摊前随意写了一个"帛"字，相士一见立即跪地连称死罪，朱棣问他原因，相士答："皇头帝脚，必定不是普通百姓。"旁人也故意写"帛"字，相士却说："帛，为白巾，你家必会有丧事。"

第七部 语 智

语智部总序

原文

冯子曰：智非语也，语智非智也，喋喋者必穷，期期者有庸，丈夫者何必有口哉！固也，抑有异焉。两舌相战，理者必伸；两理相质，辨者先售。子房以之师，仲连以之高，庄生以之旷达，仪、衍以之富贵，端木子以之列于四科，孟氏以之承三圣。故一言而或重于九鼎，单说而或强于十万师，片纸书而或贤于十部从事，口舌之权顾不重与？"谈言微中，足以解纷"；"言之无文，行之不远"。君子一言以为智，一言以为不智。智泽于内，言溢于外。《诗》曰："唯其有之，是以似之。"此之谓也。

译文

智慧不等同于言语，看似聪明机巧的言语绝对不是智慧，喋喋不休的人一定没好结果，反倒是一些看似不能言的人能成功，这样看来，智慧的人，又何必需要机巧的语言能力呢？然而也有另一个角度的看法，两方不同的言论激辩，通常是有理的一方获胜；而两种不同的道理冲突时，也往往是有能力充分说明的一方得着采行。历史上仲连以言论而成为王者师，张良以言论而名高楚汉之际。所以，言论的力量可以高于九鼎，可以强过十万军队，精微的言论，可以解开纷杂的困境。言论的施行，可以让智慧广为传扬。这么来说，又怎么可以不重言语呢？而言语真正的基础，还是在于智慧，内心有充溢的智慧，自然会生出智慧的言语来。《诗经》说："因为有这样的本质，所以表象来看是这么回事。"说的正是这个意思。

1. 虞　卿

原文

秦攻赵于长平，大破之，引兵而归，因使人索六城于赵而讲。赵计未定，楼缓①新从秦来，赵王与楼缓计之曰："与秦城何如？不与何如？"楼缓辞让曰："此非臣之所能知也。"王曰："虽然，试言公之私。"楼缓曰："王亦闻夫公甫文伯母乎？公甫文伯官于鲁，病死，妇人为之自杀于房中者二八人。其母闻之，不哭也，相室曰：'焉有子死而不哭者乎？'其母曰：'孔子，贤人也，逐于鲁，是人不随。今死而妇人为死者十六人，若是者，其于长者薄，而于妇人厚。'故从母言之，为贤母也；从妇言之，必不免于妒妇也。故其言一也，言者异，则人心变矣。今臣新从秦来，而言'勿与'，则非计也；言'与之'，则恐王以臣之为秦也。故不敢对。使臣得为王计之，不如予之。"王曰："诺。"

虞卿闻之，入见王。王以楼缓言告之，虞卿曰："此饰说也。"王曰："何谓也？"虞卿曰："秦之攻赵也，倦而归乎？王以其力尚能进，爱王而不攻乎？"王曰："秦之攻我也，不遗余力矣，必以倦而归也。"虞卿曰："秦以其力攻其所不能取，倦而归，王又以其力之所不能攻而资之，是助秦自攻也。来年秦复攻王，王无以救矣。"

王以虞卿之言告楼缓，楼缓曰："虞卿能尽知秦力之所至乎？诚知秦力之所不至，此弹丸之地犹不予也！今秦来复攻，王得无割其内而媾乎？"王曰："诚听子割矣，子能必来年秦之不复攻我乎？"楼缓对曰："此非臣之所敢任也，昔日三晋之交于秦，相善也，今秦释韩、魏而独攻王，王之所以事秦，必不如韩、魏也。今臣为足下解负亲之攻，启关通币，齐交韩、魏。至来年，而王独不取于秦，王之所以事秦者，必在韩、魏之后也。此非臣之所以敢任也。"

王以楼缓之言告虞卿，虞卿曰："楼缓言'不媾，来年秦复攻王'，得无更割其内而媾？今媾，楼缓又不能必秦之不复攻也。虽割何益，来年复攻。又割其力之所不能陛而媾也。此自尽之术也。不如无媾，秦虽善攻，不能取六城，赵虽不能守，亦不至失六城。秦倦而归，兵必罢，我以六城收天下，以攻罢秦，是我失之于天下，而取偿于秦也。吾国尚利，孰与坐而割地，自弱以强秦？今楼缓曰：'秦善韩、魏而攻赵者，必王之事秦不如韩、魏也。'是使王岁以六城事秦也，即坐而地尽矣。来年秦复求割地，王将予之乎？不予，则是弃前资而挑秦祸也；与之，则无地而给之。语曰：'强者善攻，而弱者不能自守。'今坐而听秦，秦兵不敝而多得地，是强秦而弱赵也。以益强之秦，而割愈弱之赵，其计固不止矣！且秦虎狼之国也，无礼义之心，其求无已。而王之地有尽，以有尽之地。给无已之求，其势必无赵矣。故曰：'饰说也，王必勿与！'"王曰："诺②。"

楼缓闻之，入见于王，王又以虞卿之言告之，楼缓曰："不然，虞卿得其一，未知其二也。秦、赵构难，而天下皆说。何也？曰：我将因强而乘弱。今赵兵困于秦，天下之贺战胜者，则必在于秦矣。故不若亟割地求和，以疑天下，慰秦心；不然，天下将因秦之怒，乘赵之敝而瓜分之。〔边批：主连衡者皆持此说为恐吓，却被虞卿喝破。〕赵且亡，何秦之图，王以此断之，勿复计也。"

虞卿闻之，又入见王曰："危矣，楼子之为秦也！夫赵兵困于秦，又割地为和，是愈疑天下，而何慰秦心哉！不亦大示天下弱乎！且臣曰勿予者，非固勿予而已也，秦索六城于王，王以六城赂齐。齐、秦之深仇也，得王六城，并力而西击秦也！齐之听王，不待辩之毕也。是王失于齐，而取偿于秦，一举结三国之亲，而与秦易道也。"

赵王曰："善。"因发虞卿东见齐王，与之谋秦。虞卿未反，秦之使者已在赵矣。楼缓闻之，逃去。

从来议割地之失，未有痛切快畅于此者！

注释

①楼缓：战国赵人，原为赵臣，后往秦国任秦相。

②诺：答应的声音，表示同意。

译文

秦国在长平大败赵军，向赵国索取六城，作为和谈的条件。赵王还没有作出决定，这时楼缓从秦国回来，于是赵王就和他商量："你认为给秦国六城好呢，还是不给好呢？"楼缓推辞说："这不是臣所能知道的。"赵王说："没关系，就说说你个人的看法好了。"楼缓于是说："我想王一定知道公甫文伯母亲的事吧？公甫文伯在鲁国做官，当他病死后，有十六位妇人为他自杀，他母亲知道儿子的死讯后不哭。有个老仆说：'世上哪有儿子死了不哭的道理？'他母亲说：'孔子是圣人，当被鲁国放逐时，我的儿子不追随孔子一起离开。现在我儿子死了，竟有十六位妇人为他自杀，可见他不懂得亲近贤人，心思完全摆在女人身上。'做为一位母亲能说出这种话，就知道是位贤母。但若是由他妻子口中说出，别人一定会误会在吃醋。所以，同样一句话，由于说话的人不同，听的人反应也不同。现在臣刚从秦国回来，如果臣说不要答应秦的要求，就不算是为君王献计；如果说给秦六城，又怕君王误会臣是秦王说客，所以臣才不敢回答。假使君王一定要臣拿个主意，臣认为最好还是给秦六城。"赵王说："好。"虞卿知道后，去见赵王。赵王把楼缓的话告诉他，他说："楼缓在巧辩。"赵王说："怎么说呢？"虞卿说："君王认为，秦攻赵是由于力气耗尽而撤兵，还是仍有进攻能力，只为保留您的情面才撤兵呢？"赵王说："秦兵进攻时已动用全部兵力，必然是因为兵疲才撤兵。"虞卿说："秦尽了最大的努力，也没攻下赵国一城，最后因为精疲力竭而撤兵。现在君王竟愿意割让秦兵所不能攻下的六城，这是帮助秦兵攻打赵国。假使明年秦兵再入侵，那赵国就真的没救了。"赵王把虞卿的话告诉楼缓，楼缓说："虞卿能完全了解秦国真正的实力吗？如果不割这区区六城之地给秦，明年若秦兵再攻赵国，恐怕要割让的就不只是六城。"赵王说："寡人愿意采纳贤卿的意见割城，但贤卿能否保证秦兵不再攻赵呢？"楼缓说："臣不敢保证，以前三晋跟秦国建交，韩、赵、魏和秦的邦交都很好。如今秦只发兵攻赵，这就证明君王对待秦国，远不如韩、魏殷勤友善；现在臣为君王化解，但若往后赵国自己又背弃盟约，并且大开关卡，派使者拉拢韩、魏，惹来秦兵再次攻赵，那就证明君王对秦王远不如韩、魏两国忠诚，所以臣不敢保证。"赵王又把楼缓的话告诉虞卿，虞卿说："楼缓说如果不割城讲和，明年秦兵会再攻赵，到那时还要割更多的城池给秦；但现在如果割城讲和，楼缓又不能保证秦兵不再入侵，所以即使割城给秦，又能得到什么好处呢？来年秦兵再攻赵，再割秦兵所攻不下的城池讲和，这是赵国自取灭亡。所以不如根本不讲和。秦国武力虽强，却攻不下赵国六城；赵军虽弱，但也不致于一战失陷六城，秦国既然由于力竭而撤兵，那现在的秦兵一定疲累不堪，假如赵国现在用六城和天下诸侯结盟，趁机攻打秦国，就等于把割让给诸侯的土地再从秦国取回来。您说，是这么做有利，还是割地助长秦国威势而削弱自己力量有利呢？现在楼缓说：'秦攻赵是因为君王事秦不如韩、魏恭顺。'这等于要君王用六城来事秦。假如明年秦再要求土地，请问君王要不要给呢？假如不给，就等于自毁割六城得来的邦交，再次挑起祸端；如果给，赵国还有多少城可以给呢？俗话说：'强者善攻，而弱者不能自守。'现在若听秦摆布，让秦不发一箭而得六城。这是壮大秦国削弱自己的做法。秦是狼虎之国，君臣不讲信义，秦王的欲望永远没有满足的时候，但君王的土地有限，以赵国有限的土地来应付秦国无尽的欲望，很快的，赵国就完全没有了。所以臣认为楼缓是巧辩，王千万不能答应割城。"赵王说："贤卿分析得极有道理。"

楼缓听到消息后又晋见赵王，他说："虞卿只知其一，不知其二，秦、赵交战，天下诸侯都乐在心里，这是出于'我将依附在强者之后趁机欺凌弱者'的心理。今天秦败赵军，天下诸侯必会纷纷派使者到秦国恭贺胜利者，如果赵国不赶紧割地求和，取悦秦国，进而缓和秦、赵之间的关系，并借此让虎视一旁的各国相信秦、赵已成盟国，恐怕天下诸侯会利用秦对赵的愤怒，乘赵国疲惫不堪时瓜分赵国土地，到时赵国都已灭亡了，还侈谈什么结盟诸侯呢？希望君王不要再三心二意。"

虞卿听说以后，又晋见赵王说："楼缓完全为秦国设想，这实在太可怕了。赵败于秦又割地求和，这只会更使天下诸侯怀疑秦、赵之间的关系。哪里能取悦秦国而依靠秦国的威势立国呢？这不是更摆明了告诉天下诸侯，赵国衰弱不堪、屈辱求和的弱者模样么？再说臣不主张割地，并非只是消极的不给而已,而是有反击的策略在里头。秦向赵索六城,君王可以用六城贿赂齐国,加深齐、秦两国的仇恨。齐王得六城后,就会与我军合力攻秦,那时齐国绝对会听从王的号令,这是必然的道理,等于是把给齐国的土地由秦国那儿取回,并且一举和三个大国会盟,而秦、赵优劣的情况马上完全改观。"赵王说:"贤卿分析得极为高明。"

于是赵王派虞卿东去齐国,缔结盟约合力攻秦。虞卿还没有从齐国回来,秦国的使臣已经来到赵国重新谈判,楼缓马上闻风而逃。

从来议论割地求和的弊端,没有像虞卿这般痛快淋漓的。

2. 苏　代

原文

雍氏之役，韩征甲与粟于周，周君患之，告苏代①。苏代曰："何患焉？代能为君令韩不征甲与粟于周，又能为君得高都②。"周君大悦，曰："子苟能，寡人请以国听。"苏代往见韩相国公仲，曰："公不闻楚计乎？昭应谓楚王曰：'韩氏罢于兵，仓廪空，无以守城。吾攻之以饥，不过一月，必拔之。'今围雍氏五月不能拔，是楚病也，楚王始不信昭应之计矣，今公乃征甲与粟于周，是告楚病也。昭应闻此，必劝楚王益兵守雍氏，雍氏必拔。"公仲曰："善。然吾使者已行矣。"代曰："公何不以高都与周？"公仲怒曰："吾无征甲与粟于周，亦已多矣，何为与高都？"代曰："与之高都，则周必折而入于韩；秦闻之，必大怒，而焚周之节③，不通其使，是公以敝高都得完周也。"公仲曰："善。"不征甲与粟于周，而与高都，楚卒不拔雍氏而去。

田需死，昭鱼谓苏代曰："田需死，吾恐张仪、薛公、犀首之有一人相魏者。"代曰："然则相者以谁而君便之也？"昭鱼曰："吾欲太子之自相也。"代曰："请为君北见梁王，必相之矣。"昭鱼曰："奈何？"代曰："若其为梁王，代请说君。"昭鱼曰："奈何？"对曰："代也从楚来，昭鱼甚忧。代曰：'君何忧？'曰：'田需死，吾恐张仪、薛公、犀首有一人相魏者。'代曰：'勿忧也。梁王，长主也，必不相张仪。张仪相魏，必右秦而左魏；薛公相魏，必右齐而左魏；犀首相魏，必右韩而左魏。梁王长主也，必不使相也。'王曰：'然则寡人孰相？'代曰：'莫如太子之自相，是三人皆以太子为非固相也，皆将务以其国事魏，而欲丞相之玺。以魏之强，而持三万乘之国辅之，魏必安矣。故曰：如太子之自相也！'"遂先见梁王，以此语告之，太子果自相。

注释

①苏代：战国洛阳人，苏秦弟。
②高都：又作部都，在今河南省洛阳县西南。
③节：符节，在春秋战国时代，使者出使都要带符节，以便核对验证，所以焚烧符节，就代表两国断绝邦交。

译文

楚国攻打韩国的雍氏，韩国向西周调兵征粮，周天子感到十分苦恼，跟苏代商量。苏代说："王不必烦恼，臣能替大王解决这个难题，臣不但能使韩国不向西周调兵征粮，还能让王得到韩国的高都。"周王听了这话，非常高兴地说："如果贤卿能为寡人解难，那么以后寡人的国事都听从贤卿的意见。"于是苏代前往韩国。拜见相国公仲侈说："难道相国没有听说楚国的计划吗？楚将昭应曾对楚怀王说：'韩国因连年争战，兵疲马困，仓库空虚，没有力量固守城池。假如我军乘韩国粮食不足时，率兵攻打韩国的雍氏，那么不用一个月就可以占领雍氏了。'如今楚国围雍氏已有五个月，可是仍然没能攻下，这也证明楚国已疲惫不堪，而楚王也开始怀疑昭应的说法。现在相国竟然向西周调兵征粮，这不是明明告诉楚国，韩国已经精疲力竭了，昭应知道以后，一定会请楚王增兵包围雍氏，雍氏就守不住了。"公仲侈说："先生的见解很高明，可是我派的使者已经出发了。"苏代说："相国为什么不把高都送给西周呢？"公仲侈很生气地说："我不向西周调兵征粮已经够好了，凭什么还要送给西周高都呢？"苏代说："假如相国能把高都送给西周，那么西周一定会与韩国邦交笃厚，秦国知道后，必然大为震怒，而焚毁西周的符节，断绝使臣的往来。换句话说，相国只要用一个贫困的高都，就可以换一个完整的西周，相国为什么不愿意呢？"公仲侈说："先生的确高明。"于是公仲侈决定不但不向西周调兵征粮，并且把高都送给西周，楚国也就退兵而去。

魏相田需死了，楚相昭鱼对苏代说："田需死了，我担心张仪、薛公、犀首等人中有一人出任魏相。"苏代说："那么你认为由谁作魏相，对你比较有利呢？"昭鱼说："我希望由太子自己出任宰相。"苏代说：

"我为你北走见魏王，必能使太子出任宰相。"昭鱼说："先生要怎么说呢？"苏代说："你当魏王，我来说服你。"昭鱼说："那我们现在就试试。"苏代说："臣这次由楚国来时，楚相昭鱼非常担忧，臣问他：'相国担心什么？'昭鱼说：'魏相田需死了，我担心张仪、薛公、犀首等人中必有一人出任宰相。'臣说：'相国不用担心，魏王是位明君，一定不会任用张仪为相，因为张仪出任魏相，就会亲秦而远魏；薛公为魏相，必会亲齐而远魏；犀首为魏相，必会亲韩而远魏。魏王是明君，一定不会任命他们为相。'臣又说：'最好由太子自己出任宰相，因为他们三人知道太子早晚会登基为王，出任宰相只是暂时性的，为想得到宰相的宝座，他们必会极力拉拢与自己亲近的国家与魏结交，凭魏国强大的国势，再加上三个万乘之国的盟邦极力靠拢，魏国必然安全稳固，所以说不如由太子出任宰相。'"于是，苏代北去见魏王，惠王果然任命太子为宰相。

3. 晏子 敬新磨

原文

景公有马，其圉①杀之。公怒，援戈将自击之。晏子曰："此不知其罪而死，臣请为君数之。"公曰："诺。"晏子举戈临之曰："汝为我君养马而杀之，而罪当死；汝使吾君以马之故杀圉人，而罪又当死；汝使吾君以马故杀圉人，闻于四邻诸侯，而罪又当死。"公曰："夫子释之，勿伤吾仁也。"

后唐庄宗猎于中牟②，践蹂民田，中牟令当马而谏。庄宗大怒，命叱去斩之。伶人③敬新磨率诸伶走追其令，擒至马前，数之曰："汝为县令，独不闻天子好田猎乎？奈何纵民稼穑，以供岁赋，何不饥饿汝民，空此田地，以待天子驰逐？汝罪当死，亟请行刑！"诸伶复唱和，于是庄宗大笑，赦之。

注释

①圉人：掌养马之事的人。
②中牟：地名，春秋晋地。
③伶人：乐工，即以演戏为业者。

译文

一次，圉人杀了景公心爱的马，景公大怒，拿起戈马上要亲手杀了那人。晏子说："王如果现在就杀他，会教他死得不明不白，请王准许我列举他的罪状，让他死得明白。"景公答应了。于是晏子举起戈指着圉人说："你身为君王的养马官，不好好养马却私自将马匹杀了，罪该万死；你让君王为了一匹马而杀养马官，其罪又该死；你使君王因为死了马而怒杀养马官的事传到其他诸侯耳中,让天下诸侯耻笑君王,其罪更该死。"景公听了立即说:"放了他吧,不要让我蒙上不仁的罪名。"

后唐庄宗在中牟狩猎,将附近百姓的田地践踏得面目全非。中牟县令挡在庄宗马前陈情谏阻,庄宗很生气,命将县令处斩。有个叫敬新磨的伶人立刻带着其他伶人追赶被押走的县令,然后把他带到庄公马前说:"你身为县令,难道没有听说天子喜欢狩猎吗?为什么要纵容百姓辛勤耕种,每年按时缴纳赋税?为什么不让百姓忍饥受饿,荒芜田地,好让天子尽情狩猎呢?你真是罪该万死,请皇上立刻下令行刑。"其他伶人也在旁边附和,于是庄宗大笑着下令赦免县令。

4. 苏　辙

原文

《元城先生语录》云："东坡下御史狱，张安道致仕在南京，上书救之，欲附南京递进，府官不敢受，乃令其子恕至登闻鼓院①投进。恕徘徊不敢投。久之，东坡出狱。其后东坡见其副本，因吐舌色动。人问其故，东坡不答。后子由②见之，曰：'宜召兄之吐舌也，此事正得张恕力！'仆曰：'何谓也？'子由曰：'独不见郑昌之救盖宽饶乎？疏云："上无许、史之属，下无金、张之托"，此语正是激宣帝之怒耳！且宽饶何罪？正以犯许、史罪得祸，今再讦之，是益其怒也。今东坡亦无罪，独以名太高，与朝廷争胜耳。安道之疏乃云"实天下之奇才"，独不激人主之怒乎？'仆曰：'然则尔时救东坡者，宜③为何说？'子由曰：''但言本朝未尝杀士大夫，今乃是陛下开端，后世子孙必援陛下以为例，神宗好名而畏义，疑可以止之。'"

注释

①鼓院：悬鼓于公堂外，凡百姓有谏言或冤情，可击鼓陈情。
②子由：即苏辙。
③宜：应该，应当。

译文

《元城先生语录》说：苏轼被御史弹劾下狱后，已辞官现家居南京的张安道想为东坡求情，本想就近在南京呈递奏本，可是官府不敢受理，于是张安道就命儿子张恕到登鼓院递奏本。但张恕在登鼓院门口徘徊许久后，仍不敢投递。过了一段日子东坡出狱了，当他见到张安道为他求情的奏章副本时。不禁吐了吐舌头，为自己捏了把冷汗，但并未说明原因。直到子由也看了副本才说："难怪哥哥要吐舌头了。他能平安出狱，实在要感谢张恕的胆子小。"子由的仆人问原因，子由说："你难道没听说郑昌为营救盖宽饶的事吗？郑昌在上书汉宣帝的奏本上说：'盖宽饶在朝没有许姓、史姓的皇戚，在野没有金、张等有力权贵。'这正是激怒宣帝的原因，盖宽饶有什么罪？他的罪就是冒犯许、史等人，郑昌再讥讽许、史等人恃贵而骄，不是更火上加油吗？今天东坡获罪下狱的原因就是名气太大，甚至胜过神宗皇帝，而张安道在奏章中却说：'东坡实在是天下奇才！'这怎能不激怒皇上呢？"仆人说："当时如果要救东坡先生该怎么说呢？"子由说："只能说大宋立朝以来，从没有妄杀士大夫，今天陛下要杀苏轼是开了不好的头，日后子孙万代必援此例。神宗爱好名声，怕后人议论，或许会改变心意。"

5. 裴楷　王份　王景文　崔光

原文

晋武始登阼，采策得一，王者世数，视此多少；帝既不悦，君臣失色。侍中裴楷进曰："臣闻：天得一以清，地得一以宁，侯王得一以为天下贞①。"帝悦，君臣叹服。

梁武帝问王侍中份："朕为有耶，为无耶？"对曰："陛下应万物为有，体至理为无。"

宋文帝钓天泉池，垂纶不获，王景文曰："良由垂纶者清，故不获贪饵。"

元魏高祖名子恂、愉、悦、怿，崔光②名子劭、勔、勉。高祖曰："我儿名旁皆有心，卿儿名旁皆有力。"对曰："所谓君子劳心，小人劳力。"

王弇州曰："人虽以捷供奉，然语不妨雅致。若桓玄篡位，初登御床而陷，殷仲文曰：'将由圣德深厚，地不能载。'"

梁武宫门灾，谓群臣曰："我意方欲更新。"何敬容曰："此所谓先天而天弗违。"

又，武帝即位，有猛虎入建康郭，象入江陵，上意不悦，以问群臣，无敢对者。王莹曰："昔'击石拊石，百兽率舞。'陛下膺箓御图，虎象来格。"纵极赡辞，不能不令人呕哕。

注释

①贞：正。
②崔光：本名孝伯，字长仁，孝文皇帝赐名光。

译文

晋武帝在登基时，抽到签数为"一"。古人卜算王朝传位的世数，都以所抽中数字论多寡,所以武帝非常不高兴,众臣们也不敢多话。侍中裴楷上奏道:"微臣听说天得一就冲和清平,地得一就四方安宁,王侯得一则天下诚信。"武帝听了转怒为喜,众臣们见龙颜大悦,都赞服裴楷的机智。

一天,梁武帝问王份说:"朕是'有'呢,还是'无'呢?"王份说:"陛下顺应万物是'有',但以本体来看是'无'。"

宋文帝有一次到天泉池钓鱼,钓了许久都不见鱼儿上钩,觉得非常懊恼,王景文说:"圣王一出天下清澈,所以鱼儿不敢贪吃饵食。"

元魏高祖为皇子们分别取名恂、愉、悦、怿,崔光则分别为儿子们取名劭、勖、勉。高祖说:"我儿的名旁都有心,贤卿的儿名旁都有力。"崔光说:"这就是所谓的君子劳心,小人劳力。"

王弇州说:"许多人以才思敏捷迎奉皇上而出名,但用语仍应力求雅致。如桓玄篡位后,初次睡龙床时,龙床发生塌陷。殷仲文说:'吾皇圣德深厚,大地承载不了,所以龙床塌陷。'"

梁武帝时,宫门起火,武帝对群臣说:"寡人正想重修宫门,没想到旧门却先起火了。"何敬容说:"这就是陛下能先一步了解天意,而天也不敢违逆陛下的心意。"

武帝即位时,传出老虎闯入京师,大象出现在江陵的奇事,武帝认为不吉,询问大臣们的看法,大臣们都不敢说。王莹说:"从前圣人敲击石块,百兽随着敲击的节拍起舞,现在陛下登基,虎象争相来贺,这是吉兆啊!"言辞典雅,但奉迎献媚之状令人作呕。

6. 杨廷和　顾鼎臣

原文

辛巳，肃庙入继大统，方在冲年。登极之日，御龙袍颇长，上府视不已，大学士杨廷和奏云："陛下垂衣裳而天下治。"圣情甚悦。

嘉靖初，讲官顾鼎臣①讲《孟子》"咸丘蒙"章，至"放勋②殂落"语，侍臣皆惊，顾徐云："尧是时已百有二十岁矣。"众心始安。

世宗多忌讳，是时科场出题，务择佳语，如《论语》"无为而治"节，《孟子》"我非尧、舜之道"二句题，主司皆获谴。疑"无为"非有为，"我非尧、舜"四字似谤语也。

又命内侍读乡试③录，题是"仁以为己任，不亦重乎"，上忽问："下文云何？"内侍对曰："下文是'兴于诗'云云。"此内侍亦有智。

注释

①顾鼎臣：字九和，号未斋。
②勋：帝尧的名号。
③乡试：科举时代每三年集合考生到省城参加的考试。

译文

唐肃宗登基那年正巧与自己生肖相冲。即位当天，肃宗认为龙袍衣摆太长，频频低头俯视，觉得很不顺心。大学士杨廷和见肃宗这种神情，启奏说："陛下垂衣裳而天下治。"肃宗一听，不由龙心大悦。

明嘉靖初年，讲读官顾鼎臣有一次讲解《孟子》"咸丘蒙"章时，说到"放勋殂落"这句，旁边的大臣怕皇上听了会生气，都惊恐不已。顾鼎臣毫不惊慌地说："尧这时已有一百二十多岁了。"众臣一听才安下心来。

明世宗平日有许多忌讳。明代科举考试，都喜欢用佳句名言为试题，但是出《论语》中"无为而治"，及《孟子》中"我非尧舜之道"两句为题的主考官都遭到过世宗责骂，认为"无为"就是指"没有作为"，而"我非尧舜"四字有影射之意。

另有一次，世宗命内臣读乡试题目，有题是"仁以为己任，不亦重乎"，世宗突然问内臣下句是什么，内臣答："下句是'兴于诗'。"看来这内臣很聪明的。

7. 吴 瑾

原文

石亨①矜功［夺门功］，恃宠。一日上登翔凤楼，见亨新第极伟丽，顾②问恭顺侯吴瑾、抚宁伯朱永曰："此何人居？"永谢不知，瑾曰："此必王府。"上笑曰："非也。"瑾顿首曰："非王府，谁敢僭妄如此？"上不应，始疑亨。

注释

①石亨：英宗时屡建战功，被封为武清侯。
②顾：回头望。

译文

明朝武将石亨自恃战功显赫，又深受英宗骄宠，而生活豪华奢侈。一日英宗偕同恭顺侯吴瑾、抚宁伯朱永登翔凤楼眺望风景。英宗见到石亨新建的府邸华丽壮伟，就回头问两人说："这是谁的府邸？"朱永说："臣不知。"吴瑾说："这一定是王府。如果不是王府，是谁如此胆大敢用王府的标准来修建？"英宗虽没说什么，但心中已开始对石亨有所戒备了。

8. 陈轸

原文

陈轸①去楚之秦，张仪谓秦王曰："陈轸为王臣，常以国情输楚，仪不能与从事，愿王逐之，即复之楚，愿王杀之！"王曰："轸安敢之楚也？"王召陈轸告之曰："吾能听子，子欲何之，请为子约车。"对曰："臣愿之楚。"王曰："仪以子为之楚，吾又自知子之楚，子非楚且安之也。"轸曰："臣出，必故之楚，以顺王与仪之策，而明臣之楚与否也。楚人有两妻者，人译其长者，长者詈之；译其少者，少者许之。居无几何，有两妻者死。客谓译者曰：'汝取②长者乎，少者乎？''取长者。'客曰：'长者詈汝，少者和汝，汝何为取长者？'曰：'居彼人之所，则欲其许我也，今为我妻，则欲其为詈人也。'今楚王，明主也；而昭阳，贤相也。轸为人臣，而常以国情输楚，楚王必不留臣，昭阳将不与臣从事矣，以此明臣之楚与不。"轸出，张仪入，问王曰："陈轸果安之？"王曰："夫轸，天下之辩士也，熟视寡人曰：'轸必之楚。'寡人遂无奈何也。寡人因问曰：'子必之楚也，则仪之言果信也。'轸曰：'非独仪之言，行道之人皆知之。昔者子胥忠其君，天下皆欲以为臣；孝己爱其亲，天下皆欲以为子。故卖仆妾不出里巷而取者，良仆妾也；出妇嫁于乡里者，善妇也。臣不忠于王，楚何以轸为忠？忠且见弃，轸不之楚而何之乎？'"王以为然，遂善待之。

注释

①陈轸：战国楚人，游说之士。
②取：通"娶"。

译文

陈轸离开楚国前往秦国，张仪对秦惠王说："陈轸身为臣子，竟然经常把秦国的国情透露给楚国，臣不愿和这种人同朝共事。希望大王能把他赶出朝廷，如果他说想要回楚国，那大王就把他杀掉！"秦惠王说："陈轸怎么敢明说要回楚国去呢？"接着他召来陈轸说："寡人尊重贤卿的意见，只要你说出愿意前往的国家，寡人立即为贤卿准备车马。"陈轸回答说："臣愿意回楚国。"惠王说："张仪认为你会回楚国，而寡人也料想你会回楚国，再说你如果不去楚国，又能在哪儿安身呢？"陈轸说："臣离开秦以后，一定特意回到楚国，一方面顺从大王和张仪的策略，而且可以表明臣是否和楚国有私交。有个楚国人娶了两个妻子，有人去调戏年纪较大的妻子，她就骂这人登徒子；那个登徒子去调戏年轻妻子时，她却欣然接受，没多久，楚人死了，有客人问登徒子说：'在这两个寡妇中，你会娶年纪大的还是那个年轻的呢？'登徒子说：'我娶年纪大的。'客人问：'年纪大的曾经骂过你，而年轻的却顺从你，你为什么反倒要娶年纪大的呢？'登徒子说：'当他们还是别人的妻子时，我希望她们能顺从我；可是一旦成为我的妻子，我当然喜欢拒绝我的那位。'现在楚王是位贤明的君王，而宰相昭阳也是位贤臣，我身为大王的臣子，如果经常把国事泄漏给楚王，那么楚王此次必定不会收留臣，而昭阳也不会愿意跟臣同朝共事，这样就可让大王明白臣是否和楚国有私通了。"

　　陈轸离宫后，张仪就问秦王："大王，陈轸到底要去哪里？"秦王说："陈轸真是天下一流的雄辩家，他说：'臣一定会回楚国的。'寡人对他也无可奈何，于是接着问他说：'你既然打算回楚国，那张仪的话就是真的了。'陈轸说：'不但张仪知道我会回楚国，其他人也能想到。从前伍子胥对他的君王很忠贞，天下君王都希望他做自己的臣子；孝己孝敬双亲，因此天下父母都希望他是自己的儿子。所以当人卖仆妾时，如果邻居肯买，那就证明是好仆妾；被休了的妻子，如果改嫁到本乡，就证明她是位好妻子。臣如果不忠于王，那楚王又要臣做什么。臣如此忠君爱国，仍然得不到大王的信任，那臣不回楚国，又将去哪里？"于是秦王慰留陈轸，并且善加对待。

体验阅读

智囊
^^^

冯梦龙生活的晚明时期，国家正处于内外交困的境地，边境战乱不断，境内农民起义风起云涌。朝廷虽多次调兵遣将，征剿讨伐，危机却没有丝毫缓解，反而是越来越严重。

同时，晚明时期出现了崇智的文化思潮，理学衰微，异端并出，是一个情窦大开，智火迸发的时代，一股尚情崇智的思潮蔚然兴起，特别是在思想文化领域，程朱理学的统治权威和传统儒学偶像骤然跌落，高扬主体精神的王阳明心学得到广泛传播成为学术思想的主潮。

这些思潮都不可避免地对冯梦龙产生了极大的影响和推动。梅之焕在《智囊补叙》中说冯梦龙编辑《智囊》的动机，是"感时事之梦丝，叹当局之束手，因思古才智之士，必有说而处此，惩溺计援，视症发药"而为。

虽然冯梦龙对明王朝的腐朽现象深感不满，但是面对晚明江河日下的衰颓形势，冯梦龙忧心如焚，千方百计寻求救世方略，编纂《智囊》实际上寄托了他的政治理想。

《智囊补》融入了冯梦龙本人的许多创作。虽然作品大部分材料来自古籍，但不能忽视的是其中也有着其本人的许多创作。以《智囊补》来说，全书广收各类有关智的故事1300余条，分类十部，每部又分成若干卷，共二十八卷，每部前均有总叙，每卷前均有引言，不少条目后有按语作材料补充和评论，共计600余条。

这些叙言和评论，无不显示了冯梦龙卓越的才情和胆识。而且，在全书的取材中，还有不少采自"闻见所触"的民间街谈巷议或采自传说的故事，这些都是经过冯梦龙加工改编而成的。从"口头"转变到书面，冯梦龙对民间流传的小说，故事的改编，加工和再创造所做的工作，无疑也对小说的发展起到了积极推进作用。

另外，冯梦龙对原有古籍材料很少一字不动地照搬照抄，而是根据主题加工材料，删削情节，重新组合故事。更多的时候根据需要，把分散在几本书或一本书中几个部分的有关故事进行合理调整，对故事进行再创造，从而联缀成了一篇完整的小说。

从小说发展的角度来讲，《智囊》、《智囊补》等大量文言小说总集的选编和总结，不仅为明清拟话本和白话小说提供了创作的素材，其成功的艺术经验也给了明清拟话本，乃至于明清章回小说的创作以良好的借鉴。

不得不说，冯梦龙作为具有较丰富的创作经验和较高的文化水平的编纂者，在进行《智囊》、《智囊补》等文言小说总集的编选时，实际上也就是对古代小说创作，包括自己的创作的艺术总结。有学者提出："任何一种文学现象，当它的创作发展到了一定的时候，就需要对它进行全面的艺术总结，提出理论的概括，把它的得失上升到理论的高度来认识，这不仅有利于同种类型的文学的继续发展，而且还能给新的类型的文学创作提供艺术的参考。"

同时，也可以从《智囊》中看到很多的政治思想。

首先，勤政爱民，德化善政。冯梦龙希望乡国天下，蔚然以情相与，他向往风俗醇厚，社会泰然。他提出，父母官是群众与决策层联系的桥梁，如何保持这个渠道畅通，让百姓的心声真实地传递到高层。这就要求官员要深入基层一线和百姓零距离进行交流，听取他们的真实想法和意见。

当百姓心中有怒气时，要懂得消除百姓的火气。因为"气犹火也，挑之则发，去其薪则自熄，可以弭乱，可以息争"，只有真正做到惠民有方，让利于民，体恤民情，平息民愤，才能安邦，才能强国。

其次，赏罚得当，公私分明。

从大处着眼，选用贤能这是父母官的智慧，而如何为民谋利，为高层分忧则是普通职能官员需要思考的问题。在冯梦龙看来，具体的做法是赏不过分，罚不越法，该赏则赏，该罚则罚，当然还要公私分明，奖赏得当。

冯梦龙还指出，官员具有了公私分明的能力，还不足以胜大任，同时还要加强自身素养。要有韩愈的光明磊落，郭子仪那样对盗掘祖坟的人的宽容和仁慈，以及王阳明凡事留有余地的远见，这些都是为官的良好品行，如果具备了这些能力，那么上可安邦，下可抚民。

体察是非然后公正办理，才能让人民免于蒙受冤屈，学会辨别真假、善恶才能匡扶正义。凭人的一张嘴，就能把黑的说成是白的；凭他的权力就可能像赵高一样指鹿为马。冯梦龙给我们展示唐御史李靖巧妙的破解证告状词，张楚揭穿伪造书信，李崇破解庆诬告案等为官者要有辨别真假，明察秋毫的典型。

　　德才兼备、注重实绩、群众公认，这是中国共产党干部路线的重要内容。冯梦龙提出的这些思想，如今依然具有重要的借鉴意义。在《智囊》中，还有很多诸如地方分治、严惩贪腐、政府体制改革的政治思想，对于当今放权地方，给地方充分自由发展权，严厉查办贪腐，转变政府职能都有重要的指导意义。

延展阅读

智囊

阅读链接
——与本书内容有关的图书、影视

1
《经世奇谋》
作者：俞琳

研究缩影

《经世奇谋》是一部汉民族智谋类经典，书中选取中国历史上著名的智慧人物和故事。《经世奇谋》与冯梦龙《智囊》齐名，书中提供了极其丰富的历史知识和深刻的治世谋略，书中也选择了大量修身、齐家、治国、平天下的经典故事，尤其阐述为人处世的谋略和经验，在当前仍具有一定的启迪意义。

2
《百战奇略》
作者：刘基

研究缩影

《百战奇略》原名《百战奇法》，是一部军事著作，作为一部以论述作战原则和作战方法为主旨的古代汉族军事理论专著而问世，都是不多见的。因此，从其产生以来，就为兵家所重视和推崇，给予很高评价，并一再刊行，广为流传。

3
《驭人经》
作者：张居正

研究缩影

一代名臣张居正是历史上的著名人物，作为明朝神宗时的内阁首辅大臣，他兴复百业，整饬废弛，促成万历初年的天下大治局面。张居正能取得如此大的成就，这与他非凡的驭人之能是分不开的。

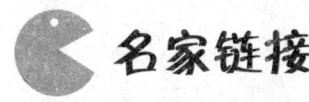 **名家链接**

1.王夫之

（1619~1692），字而农，号姜斋，别号一壶道人，著名思想家、哲学家，与先楚屈子、理学鼻祖周子等同是湖湘文化的精神源头，与黑格尔并称东西方哲学双子星座，中国朴素唯物主义思想的集大成者、启蒙主义思想的先导者，与黄宗羲、顾炎武并称为明末清初的三大思想家。晚年居南岳衡山下的石船山，著书立说，故世称其为"船山先生"。一生著述甚丰，其中以《读通鉴论》《宋论》为其代表之作。

2.顾炎武

（1613~1682），本名绛，乳名藩汉，别名继坤、圭年，字忠清、宁人，亦自署蒋山佣；南都败后，因为仰慕文天祥学生王炎午的为人，改名炎武。因故居旁有亭林湖，学者尊为亭林先生。明末清初杰出的思想家、经学家、史地学家和音韵学家，与黄宗羲、王夫之并称为明末清初"三大儒"。

 **铭记链接**

1.人有智,犹地有水;地无水为焦土,人无智为行尸。智用于人,犹水行于地,地势坳则水满之,人事坳则智满之。周览古今成败得失之林,蔑不由此。

2.正智无取于狡,而正智反为狡者困;大智无取于小,而大智或反为小者欺。破其狡,则正者胜矣;识其小,则大者又胜矣。况狡而归之于正,未始非正,小而充之于大,未始不大乎?

3.受人之托,忠人之事。

4.逢人且说三分话,未可全抛一片心。

5.世间屈事万千千,欲觅长梯问老天。

6.贤君择人为佐,贤臣亦择主而辅。

7.事不三思终有悔,人能百忍自无忧。

8.为人第一谦虚好,学问茫茫无尽期。

9.树荆棘得刺,树桃李得荫。

10.忙者不会,会者不忙。

11.要知天下事,须读古人书。

12.酒是烧身销焰,气是无烟火药。

13.阿谀人人喜,直言个个嫌。

14.相识满天下。知心能几人。

15.贪则多失,忿则多难,急则多蹶。

16.要人知重勤学,怕人知事莫做。